エッチなバニーさんは嫌い？
You must like a horny bunny!
ジックス　原作
竹内けん　著
山根正宏　原画
PARADIGM NOVELS 125

登場人物

藤沢縁《ふじさわゆかり》

れっきとした男だが、女の子に見間違えられることがある。男らしくなろうと、イタリアンレストラン「プラチナ」でアルバイトを始めるが…。

石上《いしがみ》沙《さ》恵《え》　縁のイトコにあたる少女。しばらく会ってなかったが、偶然に店で再会する。

鵠沼涼《くげぬまりょう》　厳格な家庭のお嬢様。だがその厳しい家訓に反発するようにバイトを始めた。

長谷《はせ》ちまき　外見は幼く見えるがバイトのなかでは最年長で、キャリアもいちばん長い。

稲村明菜《いなむらあきな》　プラチナを取り仕切るマネージャー。男女問わず、かわいい子が大好き。

柳《やなぎ》ひろみ　沙恵と同じ学校の親友。おとなしく奥手な性格で、男性に免疫がない。

第2章 沙恵

第5章 ひろみ

目次

第1章　バニーさんのいるお店！

「……ばにーがーる、ですか？」

アルバイトの面接を受けていた藤沢縁《ふじさわゆかり》は、キョトンとキツネに摘まれたような顔で、向かいの席にいるおねえさんを見やった。

年のころは二十代の後半、白いドレスシャツに、黒いベストとミニスカートと眼鏡《めがね》でビシッと決めた、いかにもキャリアウーマンぽい雰囲気の女性である。しかし、長い栗毛《くりげ》の髪を、空色のリボンでおしゃれにまとめているのと、口元に浮かべた嫣然《えんぜん》とした温かみのある笑みのおかげで、冷たいといった印象は受けない。知的で落ちついた大人《おとな》の色気を感じさせる。

高級イタリアンレストラン「プラチナ」のマネージャーで、稲村明菜《いなむらあきな》だと、ついさきほど本人の口から教えてもらった。

「そ♪　バニーガル」

呆然《ぼうぜん》としている縁のまえで、明菜は明るく追い討ちをかけてくる。

「つまり、ウサギちゃんの格好でウエートレスをするワケよ♪」

「……」

なるほど、これが高時給の理由か。縁は黙然と納得した。

「だから、ウチは女の子しか募集してなかったのよ」

軽い調子で明菜が告げると同時に、衝撃のあまり固まっていた縁の肩がガックリと落ちた。

せっかくの好条件。いや、好条件なればこそこういう裏事情があったのだろう。縁は、その募集要項に根本から沿っていないのだからどうしようもない。

「藤沢さん、じゃなくて、藤沢クンよね」

明菜が、縁の顔と身体《からだ》をしげしげと観《み》ながら確認してくる。縁としてはせいぜい神妙な顔で頷《うなず》くことしかできなかった。

「フフ……ごめんなさいね。名前と声で、てっきり女の子だって勘違いしちゃって」

「よくいわれます……」

縁は力なく応じた。今更怒るようなことではなし、初対面の人にいわれるのはなれている。まして、ここまであっけらかんとした態度をとられては、いっそ清々《すがすが》しくて好感が持ててしまう。

縁は、地区でも有数の進学高校に通っている。クラス仲も良く、だれかを苛《いじ》めることも苛められることもなく、教師からの体罰や教師へのいやがらせもない。男子女子に関《かか》わらず、そこそこ友達も多い。

この春、父親が単身赴任先である地方に良い家を買ったので、母親と双子の妹たちもそちらに移り住むことになった。縁は学校があるし、どうせ大学もこっちで入りたいということで残った。よって、ワンルームのマンションでひとり暮らしをしている。

趣味は読書と熱帯魚。たまに柔道。

成績は割と良いほうで、運動神経はちょっと鈍い。少し柔道をかじっているが、実は自転車に乗れない。

食べ物に好き嫌いはない。特定の嫌いな人間もない。特別に嫌われている人も、たぶんいない。ちなみに幽霊やオバケや神様はあまり信じてはない。

そして、恋人もない。……割と条件は悪くないと思うのだが、それは面接官のおねえさんが勘違いしたのと同じ理由である。

すなわち、背の高さと、男らしさと、格好良さなど諸々が年齢における平均値をかなり下回っているのだ。

華奢《きゃしゃ》っぽい体付き、プラス童顔の女顔なのである。

子供のころから、それはそれはよく女の子と間違えられた。悪乗りした母親には七五三で振袖《ふりそで》を着せられるし、バレンタインには男からチョコをもらった経験すらある。……のちにばれて殴られるという理不尽な仕打ちを受けた。

女子トイレ、女子更衣室、女湯に入れられること数知れず。

ついこの間とて、クラスの女友達の井戸端会議を聞くとはなしに聞いていると、

「ほんっと、藤沢君って可愛《かわい》いよね～」

「うんうん……でもそのせいで、男の子って気、しないよね」

「あはは、男子制服よりも女子制服の方が似合うし」

「そうそう、フリルとかも似合いそう」

「友達としてはいいけど、男の子としてみるのは、ちょいキツいかな……」

「あれぇ？　藤沢君のこと、そーいう目でみてたの？」

「ち、違うって……仲の良い友達だよ」

「だよねぇ？　ははは」

　縁にとっていわれなれていることだったのだが、その相手が、ちょっと気になっている、というか憧《あこが》れていた女の子だったのでショックは大きかった。

　久しく感じなかった「男扱いされない虚《むな》しさ」が、胸に突き刺さったものである。

　なにが情けないって、事実であるからいっそう情けない。

　そこで一念発起した結果、力の付く男っぽいバイトをすることにしたのだ。

　ひとり暮らしをするに当たって、両親と毎月の仕送り額なんかの話はしてあるし、生活するには十分なお金をもらっている。

　欲しいものといえば、せいぜい本かアクア関係のグッズの魚や水草ぐらいのものだが、この両方は、意外と値が張る場合がある。

　ここはひとつ、肉体労働をして体を鍛《きた》えることを第一目標に、お金を貯めてもっと大きな水槽を買うことを第二目標にする。その結果として彼女ができたらいいなぁ、という第三目標まで視野に入れた「藤沢縁の『アルバイトして男っぽくなるぞ』計画！」などと意気込んで、いくつかのアルバイト情報誌に目を通し、見つけたのが、このイタリアンレストラン「プラチナ」の従業員募集のチラシであった。

ウチから徒歩十五分程度、無茶な仕事ではなく、時給も良い、という条件を満たしてくれる最高の仕事場である。

すぐに電話でアポイントを取り、今はその面接を受けている真っ最中である。

電話で丁寧に応対をしてくれたのも、この明菜であった。電話の声は、ちょっと気が強そうな感じがしたが、実際に会ってみるとくだけたところもあるようで、親しみ易さを感じられた。

「でも、いきなり二人に辞められちゃってね……困ってたの」

「……はぁ」

明菜のぼやきに縁は気のない返事をする。もう不採用は決定なのだから、あとは席を立つタイミングだけである。

それなのに明菜は、難しい顔をしてひとりで考え込んで唸《うな》っている。

「ン～～～……」

「……はい？」

明菜が、マジマジと縁の顔を覗《のぞ》き込む。

「まぁ、そんなワケで人手はすぐにでも欲しいし、縁クン可愛いし」

「え？」

「中性的な魅力っていうのも良いし、女性のお客さんだっているワケだし」

「え？　え？」

明菜の顔がどんどん近づいてきて、狼狽《ろうばい》する縁の鼻先で明菜は莞爾《かんじ》と笑って宣言した。

「採用します♪」

驚愕《きょうがく》する縁を軽くあしらいつつ、明菜は店の由来などを説明する。

このイタリアンレストラン「プラチナ」は、第二次世界大戦後、米軍に接収された高級将校向けの倶楽部《クラブ》の一軒としてスタートした。後に接収が解除されるも、当時の常連たちの強い要望によって、会員制のままイタリアンレストランとして現在に至る。

厳選された素材を使用した料理は、イタリアから呼び寄せた男女三人のシェフによって最高の美味に仕立て上げられ、ウエートレスや店長兼ソムリエによる家庭的な雰囲気のあるサービスが自慢。

基本的に一見《いちげん》の客はお断りなのだが、店構えが目立たないところにあるため、訪れるのは常連がほとんどである。

高級イタリアンレストランにバニーガールとは、なんだか変な取り合わせだが、お客さんには受けているのだそうだ。さすが、元高級将校クラブ。

「縁クンにはウエーターとしてホールの仕事を主に担当してもらうわ」

「ま、まさか……僕にそのバニーガールになれと」

自分のバニー姿を想像して縁はゾッとする。理想のアルバイト先とはいえ、いくらなんでもあまりに情けなさすぎる。

自我のなかった子供時代の七五三の振袖とはわけが違う。想像しただけで泣けてきた。

「アハハ♪　そんなことないわよぉ～。縁クンには、ちゃあんとフォーマルを用意するから、ダ・イ・ジョ・ウ・ブっ♪」

ホッと安堵《あんど》の溜息《ためいき》を漏らす縁を見て、明菜はまた笑った。

コロコロとよく笑う女性である。しかも、それが少しも嫌味でないのが、彼女の魅力なのだろう。

「最近はいなかったけど、昔はウエーターもちゃんといたし。男の子が一人いれば、いざという時や力仕事も任せられ……、あ……、体力はそんなになさそうね？」

これまたハッキリといいつつ、ちょっと申し訳なさげな顔をする明菜に、縁は恐る恐る言葉を選んで自己申告する。

「えっと……一応、これでも柔道を少しかじってますので……」

「柔道？　い、意外ね……？」

明菜の目が大きく見開かれる。心底意外だったらしい。そして、探るように質問してきた。

「もしかして、結構強いとか？」

「そ、そんなことはないです……試合とかは、怖くてあまりでなかったもので……」

小学生のときに始めた柔道は、やはり少しでも自分で男らしくみせたいという動機からだった。それに意外とあの畳の感触や体を動かすことが嫌いではなかった。

当時通っていた道場の師匠や先輩がいい人達ばかりだったので、今でも基礎訓練をしているのだが、あんまり試合に出ろと責め立てられるので、最近はご無沙汰《ぶさた》になっている。

縁は別に級や段が欲しい訳ではなく、「男らしさを得る」という目的が果たせなかった今となっては、少しだけ虚しさを感じないでもない。

「ふ〜〜ん、……人はみかけによらないってコトねぇ」

縁の返答に、さもありなんと明菜は納得したようである。つまり、柔道はやっていただけで、実力はたいしたことはなさそうと判断したのだろう。

「でもま、力仕事なんてほとんどないし、心配しなくてもイイわよ」

「はい」

「それじゃ、今月のシフトを決めましょうか」

シフト表を取りだした明菜は、縁の希望などを聞きながら、テキパキと決めていく。こんなところがキャリアウーマンっぽい雰囲気どおり、なかなかのやり手であることを伺わせていた。

「今ウチには、他に四人のウエートレスがいるわ……あ、その娘達《こ》の二人は後で紹介するから……。給料は十五日締めの月末払いだし……ちょうど良い具合ね」

「はい、よろしくお願いします」

深々と頭を下げる。バイトシフトはさほど辛《つら》いものではなく、十分に勉強と趣味の時間が取れるものだった。

まったくもって申し分ない好条件である。

しかも周りはみんな女の子、その上、バニーガール。

「……？」

縁は頭のなかで忙しく仕事に励むバニーガルたちの像を具現化しようとして失敗した。実物を見たことがないので、イマイチ実感が涌《わ》かないのだ。

実は、マネージャーさんの冗談ではなかろうか？　縁はこの表情豊かで茶目っ気たっぷりおねえさんを伺う。

「それじゃ、話の方はこれでお終《しま》い。……縁クン、ちょっと立ってもらえる？」

「え？　は、はい……？」

シフト表やその他の書類などを片付けた明菜は、立ちあがって縁の目の前に来た。

「はぁい……ちょぉ〜っとジッとしててねぇ〜〜♪」

プチ、プチ……と、明菜は縁のシャツのボタンをゆっくりと外していく。

「……あ、あの？」

「あぁ、心配しないで？　ちょぉっと寸法計るだけだから♪」

「そ、それぐらい教えますよ……」

「ダァメ……コレは規則だからっ！」

いいつつ、バガッとシャツを開いた明菜は、歓声をあげた。

「ンま♪　ホント、結構引き締まった良い身体じゃないのぉ～♪」

「そんなことはないで……ってっ⁉」

明菜はシャツを脱がせただけでは飽きたらず、あろうことか、ズボンのベルトにまで手をかける。

縁は驚きつつも、その手をなんとか押し止《とど》める。

「マネージャー⁉　ここまで調べる気ですかっ⁉」

「ンフフフフ～♪　バイトのコの寸法は、ワタシが全部調べることになっているの。カラダの隅々まで……ね♪」

グイッと、無理矢理ズボンを下ろされる。

「いっっ⁉」

「フフフ……シンプルなトランクス。可愛い♪」

先程までの朗らかな笑みとは明らかに違う色、妖艶《ようえん》な色が、明菜の笑みには含まれていた。

「ま、まままマネージャーっっ？？」

「そんなに焦っちゃって。……縁クン、ドーテー？」

「ど、どどどどと……っっ‼」

今の今まで女の子に間違えられるような状態で、童貞もなにもない。女の子と付き合ったことすらない縁である。

「赤面症ねぇ〜〜。そんなトコロもまた可愛いんだけど！」

いかにも童貞少年らしく慌てふためく縁の反応を、楽しみつつ、明菜はトランクスまで下ろしてしまった。

「うわわっっ‼」

「まぁ……っっ‼」

泡食う縁とは対照的に、明菜はわざとらしく目を見張ってみせた。

「みっ、みないでくださいっっ‼」

縁は慌ててトランクスをずり上げ、その裾《すそ》をがっちりと握り締めるも、膝《ひざ》がガタガタと鳴いていいて、立っていられずに、ヘナヘナとソファーに座り込んでしまった。

「こ、こんなのセクハラですよぉぉ〜〜……」

「やぁねぇ〜、そんな古めかしいコトバ使わないの♪」

顔を真っ赤にして涙目で見上げてくる縁をまえにしても、明菜はいっこうに悪びれることなく、舌なめずりをしている。

「それに、同意の上ならセクハラじゃないでしょ？」

「……え？」

「お姉さんが、縁クンに、イィ～～コト教えてア・ゲ・ル♪」

色っぽく囁《ささや》いた明菜は、覆《おお》い被《かぶ》さるように縁の首へと手を回して抱き寄せ、ゆっくりと顔を近づけ、ついにピッタリと唇を重ねてしまった。

縁が、何が起こったのかわからないほど混乱し興奮していると、ネットリとした舌を差し込まれ、口腔《こうくう》を舐《な》め回《まわ》され、唾液《だえき》が交換された。

キスを楽しみながら、明菜は手早くマネージャーの衣装を脱ぎ捨てた。また、縁の服も、それと意識しないうちに奪われてしまった。

濃厚な接吻《せっぷん》を十二分に楽しんだ明菜は、キスを唇から顎《あご》へ、首筋、鎖骨、胸板、乳首、腹部と降りていき、テント張るトランクスにたどり着く。明菜の手が、トランクスを握り締める縁の手に触れると、難なく戒めは解けた。もう縁には抵抗する気力は雲散霧消していた。

隆々とした少年の逸物がそそり立っていた。

「まぁ、まぁ、まぁ、スゴ～くご立派♪　縁クンったら、可愛い顔して、こんなおっきなモノ持ってるなんて……ホンット人はみかけによらないわぁ♪」

ソファに腰かけてた縁の脚を広げ、その前に座り込んだ明菜は、陰茎を手に取るや、パクリっと咥《くわ》え込んでしまった。

「ぅわっ！」

自慰すらほとんどしたことのなかった縁にとって、明菜のフェラチオは想像を絶する快感だった。

「はむ……ンぅん、じゅぷ、じゅる♪　クイッ、クイッ……ペロン」

根本を揺さぶり、先端に舌を這《は》わす。

明菜の口腔の温かさ、舌の柔らかさに、縁は耐えられず、ほとんどアッという間に絶頂していた。

「あああああぁぁぁぁぁッ！」

縁は絶叫してのたうち、陰茎が力強く脈打ったかと思うと、熱い液体が大量に噴出した。

「ンック……なな……ク……ぷはぁ！」

予告なしの暴発だったのにも関わらず、明菜は予測していたかのように、慌てずに騒がずに、美少年の精液を一滴残さず口に含み嚥下《えんか》してしまった。

その表情たるや、例えていうと、夏の熱い日に、ビールをいっき飲みしたかのようである。

「ン～～～、凄《すご》い濃くて、美味《おい》しいっ♪　もっと飲ませてちょうだい」

感歎《かんたん》の声をあげた明菜は、縁に萎《な》えることを許さず再び肉棒にむしゃぶりつく。

今度の明菜は腔内深くに飲み込み、大胆にしゃぶり上げながら、頭を激しく上下させるディープスロートを行っていた。

「んっく、じゅぷ。んはっ……スゴ～く立派♪　それに、すっごく美味しい……ちゅる、じゅるる」

「うぅ～～……っく」

「れろ、ペロン……じゅぷ、ちゅ。ちゅぷぷぷっ♪　ンはぁ……フ♪　ビクビクしてるわね？　そんなに気持ちイイ？」

「くぅ……っっ‼　ぼ、僕、もぉ……っっ‼」

「ンフフフフ♪　まただす？　だしたいの？　イイわよ……また、飲んであげるから……はむンッ♪」

明菜は小さな口いっぱいに縁の陰茎を頬張《ほおば》り、その快感に煽《あお》られ、朦朧《もうろう》とする意識を必死に留《とど》めながら、縁は明菜の頭を掴《つか》む。

「ンッ♪」

「でっ、でますっっ‼」

ビクンッッ‼

「ンフッ！　ん、ンムゥ……ッ！」

ビュクッ、ビュククッ！

縁の腰が弾《はじ》け、再び陰茎の先から体力と精力が噴きだす。それをこのたびも明菜は嚥下していく。

「くー、たまらないわ、美味しい、美味しすぎるわ」

「はぁ、はぁ、はぁ……」

もうダメだ。精魂尽き果てたと縁は思った。しかし、明菜は、縁よりも、十代の少年の性欲というものを把握しているらしい。すなわち菜種油と同じで、絞れば絞るだけでると。

明菜は自分の大きな乳房をふたつ手に取るや、その間に縁の男根を挟んだ。

「今度は、こんなのはどお？」

ムニ、ムニッ……ムニョンと、柔肉に挟まり踊る肉棒。その新たな感覚と視覚的な演出に縁は震えた。

「……あったかい……っく……！」

「ンフフ？　あったかいだけかなぁ〜〜？」

「柔らかくて……気持ち、いいです……マネージャーのおっぱい」

「あら♪　嬉《うれ》しいコトいってくれるコには、サービスしなきゃね♪」

明菜はパイズリだけではなく、さらに亀頭部を口に含み舌を這わせてきた。

「うわっ！」

「ムフフ……くちゅ、ぺろん……れろれろれろっ♪」

手で擦るような荒々しさはなく、ただひたすらに優しい乳房は、緑の性欲をとろけさす。

「緑クンのも熱いわよ？　それにビクビク脈打って……コレは挟み甲斐《がい》があるってモノだわ……ぺろぺろ、ぱくんっ」

肉棒を乳房に挟まれ、亀頭を咥えられる。その舌の蠢《うごめ》きが、優しいパイズリを、激しいモノへと変えていく。

「そんな……ソコばかり責められたら、僕……っ！」

「ンム～～～っっ♪　っぷはっ！　か、可愛すぎっっ!!　もっと感じなさい……いつでも、だして良いのよ……ぱくっ♪」

「あっ、く……マネージャー……っっ!!」

「んぅ～～？　ンフフフフ～～……じゅっ、ぢゅぢゅぢゅぢゅぢゅぢゅ！」

温かい乳房に包まれた肉棒、蠢く舌に絡め取られた亀頭。単なるフェラチオとは違った例えようもない快楽に、緑の腰は激しく痙攣《けいれん》する。

「ふむん……んはっ♪　美味しいのでてきてる……♪　我慢してる？　ンフフフ……我慢してるんだぁ～～♪　だす？　でちゃう？　じゅるっ。ぶちゅ……ちるるるる」

「マネージャー……でる……もうでますっ！」

ビュクン、ビュクン、ビュクンッ!!

縁は三度、この綺麗《きれい》なおねえさんの口いっぱいに精液を噴きだした。明菜は三度、この美少年の精液を嚥下していた。

「ンック……んん、ック…………………ぷはぁ！　ン〜〜ッ♪　まだまだ濃くって、美味しいっ♪」

ウットリと舌なめずりする明菜の仕種《しぐさ》は、あまりにも淫靡《いんび》であった。

「はぁ、はぁ、はぁ、はぁ…………ま、まねぇじゃぁぁ〜〜……」

この短時間に、否、一日に三回も射精したのは、縁にとって初めての体験である。

昔、柔道の基礎練習を三時間連続でやらされたときを思い出していた。体力を消耗しきっていて、指一本動かすのも辛い。

「フフフ……マネージャー、なんて堅苦しい呼び方じゃなくて、明菜でイイわよぉ♪」

「あ、あきな、さん……」

「ン？　なぁに、縁クン♪　さすがに三連射はキツかったかな？」

明菜の微笑《ほほえ》みには、悪びれる様子など微塵《みじん》もなく、縁としても、ここまでされて今更セクハラなんだといえるはずもない。

「……いつも、こんなことしているんですか？」

「やぁねぇ……ときたま、よっ♪」

「……」

きっといつもに違いない、と縁は確信した。

「それにしても……まだまだ元気ねぇ～？」

明菜は、肉棒を弄《もてあそ》びつつ、縁にゾクリとするような流し目をくれた。

縁の肉体は疲れきっているというのに、なぜか肉棒だけは天井に向かってそそり立っていたのだ。

「メインディッシュ……いく？」

それは質問ではなく、確認ですらなかったらしい。縁がどんな応答をしたとて、その後の展開は決まっているようである。

大きな乳房をタプンと揺らしながら、ソファによじ登った明菜は、「フフフフフ♪」と楽しそうに微笑しながら、縁を跨《また》ぐ。

ジリジリと迫る明菜は、艶《いろ》っぽく潤む目で縁を見下ろしている。

蛇に睨《にら》まれた蛙《かえる》状態というのだろうか、期待と緊張で、縁の全身から脂汗が流れ、喉《のど》が渇いた。ゴクッと喉を鳴らした瞬間、期せずして頷いてしまった。すくなくとも明菜にはそう見えただろう。

「イイコ、ね……♪」

破顔一笑すると同時に、明菜は少年の猛り狂った肉棒を自らの股間《こかん》にあてがうや、ズボリッと腰を落としてしまった。

「明菜さん……んぅ」

縁の絶叫とも悲鳴ともつかない声は無視され、明菜は初物を堪能していた。

「あ……スゴ。スゴイ……っっ!!　はぁ、っく、おっきぃ……擦れ、て……イイッ♪　可愛い顔して、こんなの犯罪よ……っっ!!」

「あきな、さ……ンンっ！」

明菜の膣《ちつ》は縁の陰茎をすっぽりと飲み込み、その内壁《ないへき》でグイグイと締め上げてくる。

指先や口腔や舌や胸の谷間とはまったく違うその快感に、縁は早くも意識を奪われた。

まずは根本がギュッと締まる。そして、徐々に上へ上へと絞り上げるような感覚。

さらに馬乗りになった明菜は、膣壁を自在に操り、腰を激しく昇降させ、縁に快感を与え続ける。

「そ、そんな激しくされたら……でちゃいますよ……！」

「イイわよ、ただし、ワタシが満足するまでは、入れっぱなしだから♪」

明菜の容赦のない台詞を浴びせられながら、縁は、もう一回出したら今度こそダメな気がした。

女性を満足させてあげられないなど男が廃《すた》る。男らしさというものに人一倍拘《こだわ》りのある縁は、決死の思いで我慢することにした。

そして、曲がりなりにも我慢できたのは、先に三回抜かれていたからに違いない。縁自身は思い至る余裕はなかったが、これは明菜の童貞少年を楽しむための策略だったのだろう。

「うぅ……っく、あ。明菜さん……っ！」

「やぁ～～んっ！　その悶《もだ》え苦しむ顔がイイのよぉ～～♪」

一擦りするたびに尖端《せんたん》への圧迫が強まり、折られるかとも思えるほどの締め付けが襲い来る。

激しいピストン運動と、激しいグラインド運動を続ける明菜の腰は、まさにセックスをするためだけにあるかのようだった。

いかにもキャリアウーマン然とした第一印象とのギャップが、また縁の性欲を高めていた。

「あ……また、おっき……っくぅ～～っ！　あ、はぁあああんっ！」

「はぁ、はぁ、はぁ、はぁ……っく」

「ンフ♪　元気元気♪　ぁ……男の子は、そぉでなくっちゃ……ン。おナカ、破れちゃいそ……っ！　奥まで、届いて……当たるのぉっ‼」

いつしか縁は、明菜の腰を取り、その動きを支配していた。

若さに任せた、計算も計画性もない、ただ激しい本能だけにしたがった突き上げである。

しかし、これが大人の女である明菜を翻弄《ほんろう》した。

緑が、拙《つたな》いテクニックを弄そうとも、明菜には問題にならなかっただろう。しかし、真っ向勝負では、どうしようもない。

「ン……ッ!!　スゴイ、すごい……凄いのっ！　初めてなのに、こんなの……スゴすぎる……っっ!!」

上に乗った身体を激しく揺さぶられ、乳房を跳ねまわしている明菜は、緑の若き牡《おす》としての本能をみくびっていたらしい。火が出そうなほどに擦れ、その熱が快感を高め、頭の中が真っ白にショートしている。

「緑クン……ホントに、初めて……っっ？？」

緑の激しさに翻弄されて、明菜は思わず泣き言を口走ってしまう。

「は……い……っ！　だから、もぉ……止まらないです。明菜さん……気持ち良すぎて、僕、ぼく……っっ!!」

「フフフ。もお……イきたい？」

切迫した緑の声が、明菜に精神的な余裕を取り戻させた。火照った肉体はどうしようもないが、明菜は熱のこもった眼差《まなざ》しで見下ろし、優しく語りかけた。

「もうちょっと……我慢したら、イイわよ？　ワタシも、すぐ……イくから♪　だから、もう少し、その喘《あえ》ぎ顔をみせてて♪」

縁は、今、自分がどんな顔をしているかわかったら、あまりの情けなさにかなり落ち込むことになるだろう、と予測しながらも、明菜の望み通りに顔を見せる。

それは縁自身が、明菜の顔を、そして悶える裸体を見たかったからでもある。

「可愛い♪　あっあぁ……縁クン、ゆかりく……ンッッ!!」

ビクンっと明菜の身体が震えた。

「イ……って……？　イって、縁クンッ！　な、ナカで、イイからっ！　いっぱいだして……っっ!!」

ビクビクビクンッッッ！！！　女の頂きに上り詰めた明菜は、激しく痙攣しながら縁を促した。

その脈動に合わせて締められる陰茎から、縁は途方もない絶望感が押し寄せられた。

「あ……あきなさぁんっっ!!」

「くぅ〜〜〜〜っっっっ！！！！」

縁の絶叫と明菜の絶叫が見事にシンクロした。それに肉体が呼応した。

ビュクッビュクッビュクッ!!

熱いぬめりのなかで射精する感覚は、絶望感から解放感に変わり、まるで無重力下に投げ出されたかのように自由で、心地よいものだった。

「フフ、ンフフフフ～～♪」

脱力し、ソファに崩れるように座っている縁に、明菜がしなだれかかっている。

ふたりとも裸のままである。明菜は大きな乳房を縁の腕に押しつけたり、頬や首筋に優しいキスを降らせたりと後戯を楽しみながら、かなりご満悦である。

「ンもぉ～～。可愛い顔して、やるコトは凄いんだから♪」

「そ、そうでしょうか？」

「そうよぉ……イ・ケ・ナ・イ・子♪」

ツンツンと頬をつついてる明菜に、縁はまんざらではない気分になってしまう。

バイト先の年上の女性に身体を求められる、なんてことはフィクションのなかだけの話だと思っていたのに、まさか実体験するなど思いもしなかった。

ムク……。変なこと考えてたら、無節操なことにまたも陰茎が頭をもたげてきた。それを目ざとく明菜が見つける。

「あら？」

思春期の少年の無限の精力には、さすがの明菜も驚いたが、すぐに意味ありげに鼻で笑った。

「フ～～ン、もしかして、まぁだダシ足りないのかなぁ～～？」

「い、いえ……そんなこと……」

あるかもしれない、とは、さすがにいいにくく、縁は言葉少なに赤面した。

初体験したとはいえ、つぎにいつこのような機会があるとも限らない。やらせてもらえるなら、何回でもしたいと浅ましく考えてしまうのは仕方がないところだろう。

そんな恥じ入る少年の心情を見透かしたように、明菜は縁の股間に手を伸ばす。

「ぅわっ！」

「今だしたばっかりなのに、もぉこんなに反応するなんて♪」

再び隆起し始めた陰茎を摘《つま》んだ明菜は、フルフルと弄ぶ。たまらず反応した縁の快楽中枢が、更なる刺激を求めて膨らんだ。

「ンフフ……したい？」

悪戯《いたずら》っぽく明菜は、縁の顔を伺う。少年の心情は、もろに彼女の手の内にあるのだから、嘘《うそ》がつけるはずもない。

「……したいで……」

したいです、といい切ることはできなかった。

この年上のエッチなおねえさんとの淫靡な空間を打ち破ったのは、無機質なドアの開閉音と、それに続く、

「おっはようございまーっす！」

元気一杯の女の子の声だった。

「え……？」

サラサラとした綺麗な髪を大きなリボンで結わえた女の子は、室内に踏み入ってきて硬直した。

「あら？」

明菜が、縁の勃起《ぼっき》を握ったまま背後を振り向く。

「……っ！」

息を呑《の》んで立ち尽くす少女のあとから、もうひとりショートカットに眼鏡の女の子が入ってきたが、彼女も先の少女にならった。

ふたりとも叔智《しゅくち》女子付属の可愛らしい制服を着た美少女である。

「……あ」

「はうっ！」

「……」

絶句する少女たちと、声も出ない縁。空気が凍った。

明菜は裸のまま、四肢をついて覆い被さるようにお尻を高くしていた。

つまり彼女たちの視界には、明菜のついさきほどまで男のものを咥え込んでさんざんに掻《か》きまわされ、精液をたっぷりと注ぎ込まれ、それが逆流して溢《あふ》れかえっているという、猥褻《わいせつ》この上ない女陰が丸見えだったのである。

そのことを自覚しているのか、いないのか、シーンと静まり返る休憩室で、ただひとり明菜だけは普通に反応した。

「おはよう、沙恵《さえ》ちゃん、ひろみちゃん。今日も可愛いわよ♪」

明菜が、投げキッスまでし終えたところで、縁と女の子ふたりは我に返った。

「うわわわわわわわっっ⁉」

我に返っても、明菜に上に乗られていて、動くに動けない縁とは違い、少女たちの反応は、示し合わせたように同じで素早かった。

「きゃあっっ⁉」

「すっ、すんませーん！」

バタバタバタ……、バタン！

少女たちは、脱兎《だっと》の如く部屋から飛び出して扉を元通りに閉めた。

そして、何度、精を放っても衰えること知らなかった

縁のペニスも、縮んでしまっていた。

「あらあら……どうしたのかしら？」

心底不思議だ、といわんばかりに首を傾げる明菜の前で、縁はガックリと項垂《うなだ》れることしかできなかった。


「それじゃ、改めて紹介するわね」

身支度を整えた明菜は、さきほど飛び出ていった女の子ふたりを休憩室に招き入れて、縁と引き合わせた。

「こちら、今日からウエーターをやってもらうコトになった、藤沢縁クン」

「よ、よろしくお願いします……」

「一応いっておくけど、男の子だから♪」

縁にとって、もっとも悲しい紹介のされ方だったが、現在の彼にはそれを嘆いている余裕はなかった。

「それで、こちらのショートカットあんど眼鏡の娘が柳《やなぎ》ひろみちゃん……縁クンとは学校が違うけど同じ年よ」

「よ、よろしくお願いします……」

「こそらこそ……」

「いえ、こちらこそ！」

目を合わせるのが恥ずかしいのか、必要以上に礼儀正しいのか、ひろみは大袈裟《おおげさ》にお辞儀をして、なかなか緑のほうを見てくれようとはしなかった。

さっき叫んだときは関西弁があったような気がしたが、現在は標準語である。

「で、こちらのリボンの娘が……」

明菜が紹介しようとした少女が、ツイッと一歩前に出る。

「久しぶりだね、ゆかちゃん♪」

「う、うん……沙恵ちゃんも、元気そうでなによりだよ」

初対面だと思っていた人間同士がいきなり親しげな挨拶《あいさつ》を交わせば、周りの人間は驚くだろう。

緑も驚いていた。彼女の名は石上《いしがみ》沙恵。緑の父方の親族で、同じ年のイトコ。

姓が違うのは、沙恵の父親で、緑の父親の弟が、入り婿《むこ》だからである。

小学校のころまでは両家にも頻繁に交流があったのだが、それ以降は互いに忙しくてあまり会わなくなっていた。

家も比較的に近いところにあるのだが、子供同士、学校が違えばやはり会う機会も減っていく。まして、沙恵は女子高である。

最近では正月に会ったのと、春に母親と妹たちが転居したときに少し会った程度だった。

性別差のなかった子供時代から、「ゆかちゃん」「沙恵ちゃん」と呼び合う仲である。

ただし、この呼ばれ方は、女の子っぽさを助長している気がして、縁としてはあまり嬉しくなかった。

とにかく、そんな子と、バイト先でかち合おうとは予想していなかった。

「わたしたち、イトコ同士なんです」

「あ、あら……そうなの？」

「え……えぇ、まぁ」

全身に奇異の視線を当てられて、縁は先程のひろみと同じように俯《うつむ》いてしまったが、沙恵は堂々としたものだ。

「なんだ……てっきり元恋人同士とか、今付き合ってるとか、そういう展開があると思って期待したのに」

「やだ、明菜さん。そんなにいいものじゃないですよ♪」

明菜がからかうと、沙恵も軽いノリで受けている。

ひろみは、オロオロした仕種で、縁の顔を盗み見ている。

「さて、とりあえず今日は二人に頑張ってもらいますけど……今日、仕事上がったら、縁クンの歓迎会やりますからね」

仕事の顔に戻っていた明菜が、また破顔した。

「え？　でも、涼《りょう》ちゃんとちまちゃんが……」

沙恵は慌てて、もうふたりの同僚たちの名を出したが、その点、明菜に手抜かりなかった。

「あぁ、あの二人には後で連絡入れて、閉店時間くらいに来てもらうから大丈夫♪」


「はれぇ？」

縁が休憩室への戻り際、ホールを見回してお客さんがいないことを確認し、「これならもう閉店は間近だな」と思いつつ、休憩室のドアを開け、中に入ろうとした瞬間に素《す》っ頓《とん》狂《きょう》な声があがった。

髪をツインテールに編み込んだ女の子が驚いた顔でたたずんでいる。

そこで縁は、ノックし忘れたことに思い至って瞬間的なパニックに陥る。どうも一人暮らしなどしていると、ノックの習慣がなくなってしまうのだ。

「えと、あの……その」

「ん～～？　ダメだよぉ？　ここは、かんけーしゃ以外立入禁止区域♪」

そういう彼女自身、プラチナの関係者には見えなかった。

縁よりも小さな背丈、フワフワとした髪、舌っ足らずな声。どう見ても年下っぽいが、着ているのは多《た》岐《き》川《がわ》学園の制服である。

少なくとも小中学生ということはない。ならば、彼女もここのウエートレスの一人なのだろう。

一方、この見知らぬ少女もまた、縁の外見を見て、自分よりも年下と判断したようである。

「えへへ♪　キミ、かわい～から特別に許してあげる。だからぁ、おねーさんのいうこと聞いて、ちゃ～んと戻ってね♪」

「あ、あの……僕、今日からここでアルバイトさせてもらうことになった、藤沢縁といいますっ！　よろしくお願いします！　それと、ノックしないでごめんなさい……誰《だれ》もいないと思って、つい」

縁が一気に捲《まく》し立《た》てると、少女の顔がパッと明るくなった。

「あ♪　そーなんだぁ！」

パタパタと小走りに寄って来て、上目遣いに縁を見る。

そして、唐突に縁の首へと手を回し、頬に優しいキスをしてきた。

「ん～～っ♪」

「え？　いや……あの、その……っ！」

「えへへ～～、長谷《はせ》ちまきだよ。よろしくね、ゆかりん♪」

「ゆっ、ゆかりんっ？」

「うんっ。ゆかりちゃん、でしょ？　だから、ゆかりりん♪」

首根っ子に抱きついたまま、ちまきと名乗った少女が微笑む。

沙恵の元気なイメージやひろみのおとなしそうなイメージとはまったく違う、無邪気で無垢《むく》な微笑みに、なんとなく妹達を思い出す。

ペタペタペタ……。キスの挨拶が済むや、ちまきは縁の胸の辺りをさするという、これまた奇矯《ききょう》な行為を始めた。

「…………あ、あの？」

「わ〜〜、ゆかりりんもおっぱいぺったんこ♪　お仲間だね〜〜」

……おっぱい？　ちまきの勘違いに縁は気付いたが、訂正するまえに、コンコン！と規則的なノックがされて、扉が開いた。

「失礼します。鵠沼《くげぬま》涼、参りました」

「ふ、藤沢さん、お待たせしてます……もう少しで仕事は終わるので……」

見知らぬ少女と、ひろみが連れ立って休憩室に入ってきた。

一瞬、休憩室に冷たい緊張が走った。

さっきと同じような状況である。そして、ちまきの対応もまた、さきほどの明菜を彷彿《ほうふつ》させる、傲慢《ごうまん》なまでのマイペースを貫いていた。

「りょーちん、ひろみん、おはよ〜〜♪」

「その『りょーちん』という呼び方はやめてください、と何度もいっているではないですか、ちまきさん！」

「え〜〜？　だってぇ、りょーちんはりょーちんだよぅ……ねぇ、ゆかりん？」

縁の首っ玉にかじりついたまま、ちまきは激しく同意を求めてくる。

「ねぇ、といわれても……ねぇ？」

対応に苦慮しながらも縁は、ちょっと堅苦しい挨拶をしながら入ってきた少女に目をやる。

長い黒髪をポニーテールに結び、ちょっときつそうな目をした、これまたとびきりの美少女。その制服は、伝統ある南山《みなみやま》学院のものである。

「それで……こちらの方は？」

胡散臭《うさんくさ》げな表情のまま、縁と目を合わせておじぎをしたポニーテールの少女は、そのままひろみに視線を向ける。しかし、応答したのはちまきである。

「新しくバイトに入ってくれるコだよっ。ゆかりん、っていうの、よろしくね♪」

「えっと、えっと！　それはそうなんですけど、藤沢さんは……そのぉ、女の子ではなくて、ですね……？」

ひろみが恐る恐る、縁の性別を教える。

「ということは……男性、ですか？」

「……ゆかりん？」

涼は驚きの顔で、ちまきは不思議そうな顔で、縁の顔を伺う。

縁は内心で「本日の女の子間違われ確率、ほぼ100パーセント」と自嘲《じちょう》するが、「まぁ、ウエートレス募集の仕事先なんだから、仕方ないといえば仕方ないか」と自らを慰めると、口を開いた。

「え～っと……藤沢縁といいます。木之坂《きのさか》学園二年で、これでも歴とした男です」

奇異の眼差しにも少し飽きてきたので、ハッキリキッパリ口にする。

その直後、ちまきの手が縁の股間に伸びてきた。

ムニッ！

「うわあっ⁉」

「あ……ほんとだ」

この上ない男の証明を握られて驚き慌てる縁とは対照的に、ちまきは呆《あき》れ顔《がお》で得心する。

ついで悪戯心を起こしたのか、手にしたモノをムニムニと揉《も》んだ。

縁はたまらず無理矢理ちまきを引き離すと、ハアハアゼイゼイと肩で息をした。

「えへへ、触っちゃったぁ♪」

「ほっ、他に確認の方法はいくらでもあるでしょうにっ！」

「ちまきさんったら……もぅ」

涼は激情に、ひろみは羞恥《しゅうち》に真っ赤な顔をするが、もっとも赤面したいのは縁である。

こうして、縁はプラチナの誇るバニーガール全員と知り合いとなった。


「えーっと……それでは、新しい仕事仲間、藤沢縁クンの歓迎会を始めまーっす！」

「かんぱーい」

明菜の音頭に従って、沙恵の元気な声と、ひろみの照れた声と、涼の不満げな声と、ちまきの明るい声が調和して、カチンカチンとグラスのふれあう音が、客が引き静まり返ったプラチナのホールに響き渡る。

ズラリと並べられた料理は、ここのシェフ達が帰り間際に作ってくれたイタリアンのご馳走《ちそう》だ。

子牛のカルパッチョ、子羊の香草焼き、魚介のサラダ、ライスコロッケ、チーズ、パスタ、ピザなどなど、六人では食べきれないほどの量が所狭しと並んでいる。
ちなみに、そのシェフ達と店長はこの場にいない。

店長は愛《いと》しい奥さんの元へと帰ったし、シェフ達も挨拶を交わして帰っていった。

今この場にいるのは、縁を含めて六人、石上沙恵、柳ひろみ、鵠沼涼、長谷ちまき、そして稲村明菜である。

今日から仕事仲間となった面々は、未成年にも飲酒を禁止するつもりのないらしい店長の選んでくれたワインを片手に、素晴らしい料理に舌鼓を打った。

「え～～っ？　ゆかりんって、さえちんのイトコなのぉ？」

ちまき語録『さえちん』というのは、沙恵のことらしい。ちなみに沙恵は縁のことを『ゆか』と呼ぶように、みんなのことも短縮して呼んでるらしい。

「ほんとに、すごい偶然ですよね……」

柔らかな雰囲気のひろみは、沙恵の親友らしい。

沙恵のバイトに付き合って、一緒にバニーガールになったそうだ。

「まぁ、身元がはっきりしているのであれば……」

涼は胡散臭げな表情で、縁の顔を見る。

彼女には、どうも好かれていないらしい。

厳格そうな娘だから、女の子っぽい縁への対応に困っているのかも知れない。

「しっかりしてるよ。だから涼ちゃんも頼ってあげて。それに……こうみえても、ゆかちゃんは柔道の実力者なんだから♪」

「えっ!? もしかして、有段者ですか？」

一転、涼は驚愕し、目の色を変えるが、縁は頭を垂れるしかない。

「いや……僕は公式試合とかには出ないし……昇段試験も受けてないんだ」

「そうですか……それでは、頼れるかどうかはわかりませんね」

明らかに落胆する涼に、縁はちょっとだけ自尊心を傷つけられる。

「でもぉ、まさか年下だとは思わなかったよぉ～～」

ちまきは不満の声をあげるが、「そうかなぁ？　第一印象ですでに年下扱いされたように思えるが」と縁は内心で首を傾げる。

「私にとっては年上ですか……はぁ」

ちまきの声を受けて溜息をついたのは涼である。

年齢詐称がないかぎり、この中で一番子供っぽいちまきが三年生で、年上っぽい涼が一年生ということになる。

アルバイトの最古参はちまき、次いで沙恵、ひろみ、最後は涼ということになるらしい。

しかし、ウエートレスのリーダー格は新参の涼が務めているようである。

一方で、涼のそんな性格は、ちまきの格好のオモチャであり、ことあるごとにからかわれていて、生真面目に怒る涼を、沙恵とひろみが止めている役割らしい。

そして、意外なのは明菜である。ウエートレス達の人間関係にはあまり口を挟まない主義らしい。その代わり、みんなを平等に扱っており、今もみんなのやりとりを楽しそうに眺めながら微笑んでいる。

温かい目でみんなを見守ってる訳か、偉いなぁ、と縁が尊敬の眼差しで明菜を見たときだった。

「うぃ～～～っく♪」

明菜は、酔眼で、気持ちよさそうに酒臭《さけくさ》い吐息を漏らした。

……せっかく誉《ほ》めたのに。本当に掴み所のない人だ、と思いつつ縁が視線を巡らすと、ウエートレス四人組が少し引きつった顔をして明菜を凝視していた。

「……どうしたの？」

縁の質問には彼女たちは直接は答えず、沙恵が、小声で同僚たちを非難した。

「も、もぉ、誰よ？　明菜さんにこんなにお酒飲ませたの……っ！」

「ちまきじゃないよぉ～～」

ちまきもまた小声で焦りの色を隠し切れない表情で首を横に振る。

「あぁ……もうボトル二本も空けとるやないですかぁ……」

同じく小声のひろみの表情にいたっては怯《おび》えの色がある。

なにが起こっているのか、今一つ理解できず、彼女らとの危機意識を共有できない縁に向かって、涼が悟ったような表情で、しかし、小声で宣言した。

「縁……といったな。覚悟しておけ」

ウエートレスたちがみんな恐怖におののき、縁だけがついていけない状況のなか、明菜の口元がニタ〜と歪《ゆが》んだ。

「ハァ〜イ！　みんな、タノしんでる⁉　ワタシは今日もタ〜ノしいぞっ♪」

「あちゃ〜〜、始まっちゃった」

沙恵が頭を抱えて溜息をつくと、ほぼ同時に他全員もそれに倣《なら》った。

そこには、エッチの時よりも更に壊れた明菜がいた。

絶句する縁に、沙恵が乾いた笑いを送った。

「明菜さん……ちょっと酒癖が悪くって……あはは」

……ちょっと？　沙恵の表現は控え目に過ぎるように縁には思えた。

「コラソコ！　なぁ〜にをイトコ同士でイチャイチャしてるのっ⁉」

叱責《しっせき》が飛び、縁は硬直するが、一瞬後には、明菜の声も表情も一変している。

「はっ！　そーいえばイトコって結婚できるのよね……そっか、二人はもうデキちゃってたんだ〜〜〜？」

「な、何いってるんですか明菜さんっ！」

明菜の勝手な憶測に、沙恵が声のトーンを上げて抗弁する。ついで、あまりムキになるのも変な誤解を招くと思ったのか、縁に同意を求めてくる。

「そ、そんなことないですよ……ねぇ、ゆかちゃん？」

「う、うん……会ったのだって久しぶりだし」

お酒のせいか、恥ずかしがっているのか、沙恵の頬は真っ赤に染まっていた。

「ほぉらぁ～、またみつめ合っちゃってぇ……」

ジト目で睨んだ明菜は、ついでガバッと机につっぷしたと思ったら、芝居がかった声を張りあげ始めた。

「クスン……ひどい。さっきワタシを抱いたのは、遊びだったっていうのね⁉」

「いっっ⁉」

大袈裟な泣き真似をする明菜に、縁は背中に氷を入れられた思いを味わった。

「そういえば……」

「……そんなことも、ありましたね。はは」

沙恵とひろみは、例の光景を思い出したのだろう。沙恵は呆れ顔で、ひろみは乾いた笑いを漏らす。

反対に興味を示したのはちまきである。

「え～～？　ゆかりん、筆下ろししちゃったのぉ？」

「ふっ、筆……ごにょごにょ……などと、汚らわしい言葉は使わないでください！」

ちまきの下品な表現に涼は、とっさに非難しようとしたが、育ちのいい彼女にとって口にするのがはばかられる言葉だったのだろう。

「ンもぉ、ホンッッットに可愛かったわよぉ？」

明菜は身を乗り出すと、観客である年頃《としごろ》の少女たちに語った。

「『明菜さん……気持ち良すぎて、僕、ぼく……っっ!!』……ってもぉ、喘ぐ声も表情も、近来まれにみる可愛さだったわよ♪」

芝居がかった動作で、クネクネと身を捩《よじ》り、恥ずかしすぎることを平気で口にする明菜をまえに、縁は引きつった笑いを浮かべていた。というか、こんなとき男はどんな表情をしろというのだろう。

表情の選択に困ったのは縁だけではなかったらしい。年頃の乙女たち四人も、塑像《そぞう》となってしまっている。こうなると、明菜はますます調子に乗ってくる。

「それでね、それでねっ！　縁クンって、すごぉ〜くおっきいの♪　その上、何度だしても萎えない絶倫クンで……ワタシなんかもぉ年だから『もうダメよ、耐えられない』っていってるのに全然離してくれなくってぇ〜〜♪」

縁は「嘘だ!!」と内心で抗議したが、明菜からしてみれば嘘偽り無き本心である。

縁は四回も明菜にイかされてしまったと思っているが、明菜の主観にしてみればぶっとい逸物でガンガン突き上げられて、ほとんどいきっぱなしであったのだ。

「あ、ぁ、明菜さん！　そ、そういった話はしないでほ、欲しいと……っっ!!」

この場の誰よりも顔を真っ赤にして立ちあがったのは涼である。一番年下らしく、年相応の清純さの発露であろう。

「それでそれで？　ねぇ～～、あっきー。続き聞かせてよぉ～～♪」

「ちっ、ちまきさんまでっっ!!」

仲間の裏切りに涼は一段と声を張り上げる。

「そ、そーいう破廉恥な話をするつもりなら、わたっ……私はここで失礼させてもらいますっ！」

「あ、あははは……落ち着いて、涼ちゃん？　何も今日に始まったことじゃ……」

激昂《げっこう》する涼を、沙恵が仲裁する。それに縁も同調する。

「そうだよ涼ちゃん、落ち着いて………あ」

「きっ、貴様に『涼ちゃん』などと軽々しく呼ばれるいわれはないぞ!?」

縁の失言に、涼の声は怒気のあまり上擦っている。

みんながそう呼んでいたものだから、ついその口調が移ってしまったらしい。

それに、どのみち年下ならちゃん付けでもおかしくないと思いながらも、やはり、いきなりは軽率だったと自己反省している縁の服の袖《そで》が、クイックイッと引っ張られた。

「ん？」

振り向くといつの間に隣に来ていたひろみが、なんというか子供がお菓子をおねだりしているに近い視線でジッと上目遣いに見ている。

「どうしたの……？」

戸惑う縁に、ひろみは恐る恐るといった感じで口を開く。

「ぼ、ボクも……………その」

「ボクも……なに？」

「名前で呼んでもろてかまへんので……」

促した縁に、ひろみは少し酔いが回っているのか、トロンとした目を向けてくる。

「それは、勿論《もちろん》かまわないんだけどさ……どうして突然大阪弁になるの？」

「そっ、それは……そのぉ」

自分が大阪弁になっていたことをひろみは自覚していなかったのか、びっくりする。

話しにくいことなのか、ただでさえおどおどしているひろみが、あたふたと混乱し始めたとき、横から助け舟を出したのは沙恵だった。

「この娘、お父さんが大阪の出だったのよ。お母さんはこっちの人なんだけど……ほら、大阪弁って移りやすいじゃない？　普段は普通に話してるんだけど、焦ったり酔っぱらったりすると、出ちゃうみたいなのよね」

「…………はぁう」

沙恵に説明してもらって、ひろみは全身で羞恥を表しながらコクコクと頷いている。

なるほど、確かに大阪弁って移りやすいよなぁ。

「コラソコぉ！　人のハナシはちゃんと聞きなさいっっ!!」

しみじみと言語の奥の深さに感歎している縁に叱責の声が飛ぶ。もちろん、よっぱらいモードの明菜である。

「しかも今度はひろみちゃんにまで手を出してぇ～～！」

ここで再び明菜の非難口調はガラリと変わって、意味ありげにニタ～と口元を歪める。

「ンフっ♪　縁クンって手が早いンだぁ～～？」

「え？　そ、そんなんじゃ……っ！」

「ワかってる！　わかってるわよ、みなまでゆーなっっ!!」

なにをわかっているんですか？と縁は内心おおいに疑問だった。

「ワタシの相手をちゃあんとしてくれれば、誰に手を出したってカマワナイのっ！」

とんでもないことを明菜は大声で宣言する。

「ンフフフフ♪　みんなこ～みえても、すンごいエッチなんだかりゃぁ～～♪」

……ここにいるみんなが、エッチ？

よっぱらいの繰言とは自覚していながらも、縁はついみんなを見回してしまう。

目を逸《そ》らしたり、呆然としたり、睨み付けたり、苦笑いしたり、四人とも対応こそ違えども、静かになったのは皆同じだった。

「みんにゃがどりぇくりゃいえっちにゃのか、ききたぁい～？」

明菜の呂律《ろれつ》はますます回らなくなっているが「みんながどれくらいエッチなのか、聞きたぁい？」が原文であることは理解できる。

「え…………？」

自分の性体験を赤裸々に暴露されるのは羞恥の極みではあるが、女の子の秘密を聞いてみたいというのは好奇心である。縁はつい明菜のほうに身を乗り出してしまうが……、

「くぅ～～～～…………」

明菜は酔いつぶれて寝ていた。

対応に困った縁は、気心の知れたイトコを振りかえる。

「……いつもこうなの？」

「ん～～……結構、いつも、かな？」

しばし考えた沙恵だが、結局は苦笑しながら認めた。

第2章　だめっ、見つかっちゃう！

「いらっしゃいませ、プラチナにようこそ♪」

高級イタリアンレストラン「プラチナ」にお客さまが入店すると、バニーさんたちの声がいっせいにあがる。

石上沙恵、鵠沼涼、柳ひろみ、長谷ちまきといった、現役ばりばりの女子高生たちが、切れ込みの深いハイレグ&Tバックのスーツ、蝶《ちょう》ネクタイ、編みタイツ、ハイヒール、そしてぴょこぴょこ揺れるウサ耳と尻尾《しっぽ》といったバニースーツに身を包み忙しく働いている。

一見《いちげん》さんお断りの高級レストランでもやっていけるはずだ、と縁は納得した。

真っ赤なバニースーツに身を包んでいるのは、石上沙恵。

元々が美少女な上に、セミロングの栗毛色《くりげいろ》の髪に、手足がスラリと長くてスタイルがいいから、体の線がはっきりとわかる衣装がよく似合う。

縁にとって久しぶりに会ったイトコであるが、昔と同じ元気娘であり、何も変わっていなさそうである。

水色のバニースーツに身を包んでいるのは柳ひろみ。

おとなしめの性格で、普段はですます口調なのに、焦ると大阪弁が出ちゃう、ちょっと変わった娘《こ》。

バニースタイルに眼鏡という取り合わせはアンバランスなようでいて、そのアンバランスさがまた良い。しかも、巨乳である。

沙恵とは性格はまるで違うが、同じ学校に通う仲良しである。

紫色のバニースーツに身を包んでいるのは鵠沼涼。

ちょっと古風で、厳格な感じのするのは、きっと厳しい家で育てられたんだろう。なんでも弓道を生業とする旧家の長女に生まれたが、ちょっと反発的で、バニーガールのアルバイトをしているのだそうだ。なんにせよ純和風な雰囲気がよく似合う。

オレンジ色のバニースーツに身を包んでいるのは長谷ちまき。

縁よりも一つ年上なのだが、とても年上とは思えないほど体も心も子供っぽい。また、個性的な口調には少し面食らうものの、縁にとって妹の相手をしているみたいで少し楽しい。

十人十色とはいうけれど、よくもまぁ、ここまで違った雰囲気を持つ女の子ばかり集めたものだと、縁は感心してしまう。

もっとも、全員美少女なのは、いちおう男である縁にとっては見てるだけでも嬉《うれ》しいから、感謝こそすれ文句をいう筋合いはない。

それらバニーさんたちの選考を行ったのが、彼女たちと縁の上司でありマネージャーの稲村明菜である。彼女だけはバニースーツではなく、黒いベストにミニスカートという格好である。

セックスしてしまったんだよね、あの美人と。嬉しいやら、恥ずかしいやら困ったものやら、縁にとって複雑な気分である。

縁はなんとなく夢見心地で忙しく店内を駆けずり回っていた。

「ゆかちゃん、お疲れっ♪」

元気に声をかけてきたのは、相も変わらず元気な赤いバニーガールの沙恵であった。

「うん、沙恵ちゃんも」

ようやく仕事も一段落し、店内にお客様の姿はなくなったとはいえ、まだ閉店時間までは間があるし、もう一勝負ありそうな雰囲気を残している。

それでも緊張感から解き放たれた店内には和やかな空気が漂っていた。

「調子はどう？」

「だいぶ慣れたよ……みんな親切にしてくれて助かってる。ただ、涼ちゃんには……まだ慣れてもらってないみたいだけどね……」

「あはは。あの娘は特に男の子に免疫ないから……というか、基本的に男の子苦手みたいだから♪」

縁は縁なりに、沙恵は沙恵なりに苦笑する。

「男の子苦手っていえば、ひろちゃんも結構苦手らしいけど……ゆかちゃんと話してるところみると、そうはみえないよね？」

「それは、暗に僕が女顔だっていいたいの？」

「あはは……そんなことはないけど……」

縁の軽い皮肉を、笑って受け流す沙恵だが、その笑いが引きつってる。

「……でも確かに、ゆかちゃん女の子っぽいからね」

縁の視線に耐えかねたのか、沙恵は下手ないいわけをするよりも開き直った。

「ひろちゃんはともかく、涼ちゃんはどう対処して良いのかわからないのかも……」

縁にすれば、だから、それは悲しいことなのだが、ニコニコと笑う沙恵にそう突っ込む訳にもいかず、また苦笑するしかなかった。

「あ……そこのお二人さん。今のウチに休憩入っちゃいなさい♪」

「いいんですか？　やった♪」

明菜の声に沙恵が嬉しそうに応じるが、縁は不安になる。

「でも、二人もいっぺんにいなくなったら……」

「大丈夫よ。忙しくなったら呼び出すから」

軽くウィンクをしてくる明菜に頷《うなず》き、縁は、沙恵といっしょに、ちょっと早めの休憩時間を貰《もら》うことにした。

途中キッチンに寄って『まかない』を貰う。これもこのプラチナでのアルバイトで嬉しい役得のひとつだ。

「えへへ♪　今日はシーフードグラタンだよ〜〜♪」

沙恵が嬉しそうに掲げて見せたのは、焼きたての、グツグツと煮立ったグラタン。柔らかいミルクの匂《にお》いが胸一杯に飛び込んできた。

「うん、美味《おい》しそうだね」

「美味しいに決まってるよ～～。吟味された素材を、最高のシェフ達が腕によりをかけて作ってるんだよ！」

縁の推測を、沙恵は経験から肯定した。

「わたし、すっっごく幸せ～～～～っ♪」

緩みきった顔を押さえようともせず、沙恵ははしゃぐ。時給も良い、まかないも美味しい、その上、目の前には可愛《かわい》いバニーガール。

思わず縁は呟《つぶや》いていた。

「天国みたいな職場だね」

「んふふ～～、はむっ♪」

縁の感慨に、沙恵は言葉ではなく全身で応《こた》えた。まるでウサギがスキップでもするように休憩室へと戻るや、熱々のグラタンからすくい取った具を、口元に運んでフゥフゥと冷まして頬張《ほおば》ると、まさに天国にでもいるかのように幸せそうな顔をする。

「はむはむ……ところで、今日遅刻ギリギリだったけど、どうかしたの？」

「え？　あ、あぁ……友達と一緒にゲームセンター行ってて……」

「ふーん……でも、そんなので遅刻なんか駄目だよ。明菜さん、あぁみえても仕事には厳しい人なんだから」

「うん、注意するよ」

「ふっふーん。その点、わたしは完璧《かんぺき》だからね♪　学校でも仕事でも、遅刻はおろか早退だって、休んだことだってないんだから」

「それはそうだろうね……はは」

いかにも皆勤賞狙っています、といった感じで胸を張る沙恵に、「いかにも元気一杯の沙恵らしい」と縁は苦笑する。その応対に沙恵は少しだけ頬を膨らませた。

「わたし、学校では優等生なんだよ。自分でいうのも何だけど、勉強だって運動だって、常に上位をキープしてるんだから」

縁はふと、昔の沙恵を思いだしてみる。

子供の頃《ころ》、夏休みやお正月には一緒になって遊び回ったものだった。より正確にいうなら、家のなかでゆっくり本を読んでいた縁を引きずり回していた。

当時、縁はまだまだ体力がなくて、元気盛りだった沙恵のほうが遊びの主導権を握っており、挙げ句の果てに、殴るは抓《つね》るは引っ張るはの暴行の数々。

「優等生……ね」

申し訳ないけど、にわかには信じられない縁である。

「なによー？　疑ってる訳？」

「そ、そういう訳じゃないよ……」

不満顔の沙恵にジト目で睨《にら》まれると、子供の頃の記憶がよみがえる。それはあたかもパブロフの犬とでもいうべき状態で。

「フンだ。ちょっとレベルの高い学校に通ってるからって」

「僕は、勉強しか取り柄がないから……」

もっとも、縁は、沙恵の運動能力を今更疑ってはない。しかも今通っている叔智女子は、天下に轟《とどろ》くお嬢様学校。

縁の通う木之坂学園に比べれば多少総合学力としては劣るが、女子校というスタイルを持つ学校としては近隣学区のなかでもトップランクの学力を誇っている。

そこで学力も上位といい切れるほどの成績であれば、やはりそこそこ高いのだろう。

「本当に、沙恵ちゃんは凄《すご》いんだね」

「え？　な、何よ……いきなりそんな褒めて……」

素直に褒められて沙恵は焦りをあらわとするが、すぐに鷹揚《おうよう》に頷いてみせた。

「わ、わかってくれればいいのよ……うん♪」

「うん。よくわかってるよ」

縁の追い討ちに、さすがに照れを隠し切れず、沙恵はほんのりと頬を朱に染めて、少しだけ嬉しそうにモジモジする。

そんな仕種《しぐさ》は子供の頃は見られなかった。

やっぱり少し変わったのかな、と縁は認識を新たにした。あのやんちゃだった沙恵が、女の子っぽくなったものだ。


「どうかした？」

しばし夢中でシーフードグラタンを食べていたふたりだが、縁がふと気付くと、沙恵が縁の顔をじっと見詰めている。

「ぅうん……そういう格好してると、ちゃーんと男の子にみえるな、と思って♪」

ひどいいわれようである。

「あ、傷付いた？　ごめんね？」

「今更沙恵ちゃんにいわれても、別に傷付きはしないけどさ……」

といいつつも、縁は溜息《ためいき》を漏らさずにはいられなかった。

この同い年のイトコのお嬢様は、昔っから縁に対してはお姉さんぶってるというか、無遠慮というか、良いいい方をすれば家族的であるといえるかも知れない。

「でも、昔に比べると、ずっと男前になったよね」

「……………」

「子供の頃はもっとナヨナヨしてて、わたしよりも女の子っぽかったのに……今じゃあ、明菜さんに手を出されちゃうほどの美少年」

縁を明るく揶揄《やゆ》し嬲《なぶ》っていた沙恵だが、不意にボソリと呟いた。

「あ〜ぁ、ちょーっと失敗しちゃったなぁ……」

失敗って……何を？と聞きたいところではあったが、明菜との初体験の話を膨らます気にはなれず、どうにも口が自由にならない。パクパクと、まるでエサをねだる鯉《こい》のようになってしまう。

そこで自らを落ちつけようと、一息入れたのにも関わらず、次いで口に出たのは意に反して憎まれ口であった。

「さ……沙恵ちゃんこそ、そんなバニーガール姿しちゃってさ。子供の頃の将来の夢は、ウサギさんになることじゃなくって、イチゴさんになることじゃなかったっけ？」

理由＝美味しいから。

「なっ、なによぉ！　そんな昔のことといわなくたっていいじゃない！」

しっかり覚えてたらしい沙恵は、顔を真っ赤にするも照れ隠しに怒鳴る。その姿は、やっぱり子供の頃とあまり変わってはいないように思えた。

「そ、それに！　今はイチゴさんよりバニーさんの方が似合ってるんだからいいの！　ほら。この格好、似合ってるでしょう……？」

スッと縁に一歩近付く沙恵は、ちょっとだけ怒ったような、赤みの差した顔を、近付づけてくる。

サラサラとした綺麗《きれい》な髪、意志の強そうな瞳《ひとみ》、キュッと締まった唇。

ドキリとした縁が目を逸《そ》らすと、レオタードのようなバニースーツは、大きく迫《せ》り出した胸とくびれた腰、丸みのあるお尻のラインがしっかりと見えて、否応なく彼女の女性としての発育を認識させられる。

触れればフワリと柔らかい肉体なんだろうなぁ。縁は、明菜との性交渉を思い出し、胸が高鳴った。

「……似合ってる……凄く、綺麗になったよ」

「え？」

「…………………」

「……な、なによそれ……もぉ」

縁の素直な感想に、急速に沙恵の迫力が薄れ、怒りの朱に染まった顔が恥じらいの朱に変わる。

もっとも、それは縁も一緒で、今更ながらに自分の言葉を反芻《はんすう》して恥ずかしくなる。

「…………………」

「…………………」

そして訪れる静寂。

再会してからこっち、沙恵とはこんな雰囲気ばかりになってしまう。そのどうしようもない雰囲気を破ってくれたのは明菜だった。

「……二人とも悪いけど、休憩一次中断、急にお客さんいっぱいきちゃって大変なのよ！」

「はい、わかりました。すぐに出ます！」

パタパタパタ……。

走り去る沙恵の後ろ姿を見て、縁もやっと我に返る。

「僕も行きます」

まだ微妙に高鳴る胸を押さえながら、縁は仕事へと戻った。


「ふぅ、疲れた……っと」

ほとんどの仕事を終えた縁は、明菜の許しを貰って一休みする。

面接に来たときから思ってはいたが、休憩室のソファはなかなか座り心地が良い。

これも店の品位を表している、といわんばかりに豪華なソファは、疲れた身体を優しく癒《いや》してくれるかのようである。

ドタドタドタ……バタン！

「んもぉぉおおっっ!!　あったまきちゃうったらぁぁああっっ!!」

勢いよく扉を開けて部屋に入ってくるや、握り拳を作って憤怒の声を張り上げたのはバニーガール姿の沙恵であった。

「どうかしたの、沙恵ちゃん？」

「あ、ゆかちゃん……いたんだ……って！」

縁に気付いて安堵《あんど》の表情を浮かべた沙恵だが、怒りのぶつけさきを見つけて嬉々《きき》とする。

「聞いてよ、もおっ！　最後のお客さんったら、デロデロに酔っぱらっちゃってさ。スリーサイズは？とか、今夜どお？とか……あまつさえわたしに触ろうとしたんだよ!?」

やっぱりいるんだ、そういう人。同じ男として恥ずかしい。

痴漢とか、セクハラっていうのは、もっとも恥ずべき行為だと縁は思う。決して、された経験があるからそういうのではない。

「わたし、思わず手が出そうになっちゃったんだけど……ちょうど明菜さんが来てくれて……」

と、ここでようやく沙恵は一息吐《つ》いた。

「良かった……もしあそこで手を挙げてたら、さすがにクビだよね」

「まぁ、それはそうかも……」

「なによぉ……ちょっとは心配してくれても良いじゃない」

「心配……は、するけどさ……」

「けど？」

縁の煮え切らない返答に、沙恵は不満をあらわにして身を乗り出す。そこで縁は仰け反りながら、思ったことを口にした。

「よくよく考えてみれば、そんな凄い格好でウエートレスしてるんだもんね。そういう勘違いする人、多いんじゃないかな？」

落ち着いて考えてみれば、バニースーツなんて扇情的なものを着ていれば、そう考えるお客さんはいくらでもいるだろう。

「今更なんだけどさ……その格好って、恥ずかしくないの？」

「それは…………」

答えにつまった沙恵は、恥じらいつつモジモジとする。その仕種がまた扇情的である。

「それは、最初は少し恥ずかしかったけど、周りもみんなこの格好だし、慣れちゃえば意外とたいしたことないし……。だって、水着とそんなに変わらないでしょ？　それどころか、ストッキングはいてるぶん、水着よりも露出度は少ない訳だし……」

「でも、水着には耳と尻尾は付いてないと思う」

露出度の問題だけではなく、恥ずかしがるベクトルが違うというか、精神性の問題ではないだろうか。

「で、でも可愛いじゃない……！」

ムキになって力説する沙恵だが、直後に力無く呟いた。

「わたしは……この格好、嫌いじゃないもの……」

「人にみられても？」

「うん……」

そういう割には、自信なさそうに、恥じらいつつモジモジする。それとも、こういう質問をされることに羞恥《しゅうち》を覚えているのだろうか。

いつも元気な沙恵がこういう仕種をすると、妙に女の子っぽく見えていけない。

暗くなってしまった場をなんとか明るくするために、縁はちょっとおどけた。

「はは……沙恵ちゃんって、案外露出狂の気があるのかもね？」

「…………っ！」

「はは、は…………」

沙恵は息を呑《の》み、場の雰囲気がさらに重くなるのを感じて、縁はひとり虚《むな》しく作り笑いをする。

もしかして、今のは沙恵ちゃんにとって禁句だったのでは……？、と縁が後悔していると、沙恵が頷いた。

「……うん」

「………………」

「わたし……そうかもしれない……」

「さ、沙恵ちゃん⁉」

頬を羞恥に染めながら、沙恵はハッキリと告白した。

「歓迎会の日、わたしいったよね……ヘンかも、って」

明菜が寝込んでしまった後、歓迎会はお開きとなり、沙恵と縁の住まいが近いこともあって、ふたりはいっしょに帰ることになった。

そのとき、酔いに任せて明菜のぶった「みんながエッチだ」発言が話題となり、沙恵はポツリと変なことをいっていた。

『わたし……ゆかちゃんのいってるのとは、少し違った意味で……その、変な風にエッチなのかもしれないの』

縁の脳裏で、沙恵の言葉がリフレインする。

驚きの色を隠し切れない縁をまえに、沙恵はいい淀《よど》みつつ続ける。

「そのヘンっていうのが……ちょっと、みられて嬉しいっていうか、露出癖っぽいというか……つまり…………」

「つまり……？」

「わたし、エッチなところ人にみられたいって……思ったこと、ある」

……それは、十分に露出癖なのではないでしょうか？

「ヘン……だよね？」

第2章　だめっ、見つかっちゃう！

重大事を告白した少女の頬は、羞恥と緊張でかなり強張《こわば》っている。

それでもなお、沙恵は問いの答えを欲しがっていると知った縁は、しっかりと沙恵の目を見ながら応える。

「そんなことはない、……そんなことないよ」

「え……？」

悩み事を告白してきた女の子に、軽口は厳禁だと、縁は実体験で知っていた。

「例えば俳優や歌手なんかは、自分をみてもらいたくて人前に出てるでしょ？　ちょっとベクトルは違うかも知れないけど、芸術家やクリエイター達は自分そのものじゃなくて自分の作品をみてもらいたくて発表してる。多かれ少なかれ、人は自分のことを他人にみてもらいたい知ってもらいたいって欲求は必ずあると思う……沙恵ちゃんのその思いも、きっとそれと一緒だよ」

「……む、難しいいい方しないでよ……結局は？」

徐々に表情が綻《ほころ》ぶ沙恵を見て、縁は自信を持ってとどめを刺す。

「沙恵ちゃんは、全然変なんかじゃないよ」

「ゆかちゃん……っ♪」

パッと顔が明るくなった沙恵は、その笑顔のまま縁にフワリと抱きついてくる。

首に腕を絡められ、なびく髪から爽《さわ》やかな薫りが漂う。

「嬉しい♪　ゆかちゃんだったら、きっとそういってくれるって思ってた」

沙恵のキュッと力のこもる腕と押し付けられた胸の感触に、縁の胸の鼓動は高まっていく。

手のやり場に困る。まさか、身体《からだ》にフィットしすぎたバニースーツのまま抱きしめるわけにはいかない。

感情と理性の狭間で戦っている縁の耳元で、沙恵は囁《ささや》いた。

「ねぇ……お願い、あるの」

「え？」

「今の言葉、証明して……？」

「証明……って……」

戸惑う縁からゆっくりと離れた沙恵は、そのまま手を引いてソファへと赴くと、縁を立たせたまえで、自分だけソファに座ると、脚をM字に開いた。

「……みてて？」

「沙恵ちゃん……？」

「さっきのお客、凄くムカついたけど……でも、わたしこんなになってるの」

沙恵は拡《ひろ》げた脚の付け根を覆っている布を引いた。

身体にフィットしたバニースーツでは、下着の線が見えてしまう危険があるため、下着を穿《は》かないらしい。そのため素肌に編みタイツを穿いただけのノーパン状態の股間《こかん》が外気にさられた。

編みタイツに押しつぶされた陰毛が窮屈そうにひしめき合い、ワレメの部分はしっとりと水気を帯びている。

「わ、わわっ！」

「目を逸らさないで……みて？」

驚き慌てて視線を明後日の方角に視線を向けようとした縁に、沙恵は恍惚《こうこつ》とした表情で促した。

「わたし、別に俳優でも歌手でもないけど、みられるの好き……人からジロジロみられると、それだけでウットリしちゃうの」

沙恵の指は、股間を覆う布をずらしつつ、その下の編みタイツを切り裂いた。

まるで息を吹き返したかのように陰毛が立ち、ワレメからは透明の粘液が堰《せき》を切ったように溢《あふ》れ出ている。

「ゆかちゃん、みて……いつも、こんな風になっちゃうの。いけないのに、こんなにお汁溢れちゃって止まらないの……んぅ！」

沙恵は、自分のワレメに指を這《は》わす。

あっという間に粘液まみれになった指を動かした分だけドクドクと続きが溢れてくる。

「さ、沙恵ちゃん…………」

「みてて、欲しいの……わたし、もう止まらないから。わたしの奥まで、しっかりとみて……っ！」

沙恵は、薄桃色の陰唇を左右に開いた。縁の視界には軟体動物のように滑ったソコがハッキリと見えた。

「…………ゴクン」

縁は生唾《なまつば》を飲んで食い入るように魅入ってしまった。明菜との初体験のときは、女性器をしっかり見ている余裕などなかった。

だから、初めて見る女性器といって過言ではない。

「あは♪　みてる……わたしのアソコ、みられちゃってる……っ！」

「みてるよ……沙恵ちゃんの、濡れてるところ。柔らかそうなヒダヒダも、プックリとしたオマメも、汁が溢れてくるアナも……」

「あ……っっ♪♪」

縁の赤裸々な実況中継に、沙恵はゾクゾクゾクっと快感に震えた。

その恍惚とした表情が、間違いなく、陰部をさらけ出していることに快感を得ていることを証明していた。

少しずつ沙恵の指の動きが激しくなる。

「はぁ、はぁ……ぁっく……ゆかちゃん、みてる?」

「うん……みてるよ。沙恵ちゃんの、大事なところ……」

「べ、別にオナニーしたい訳じゃないの……ただ、みて欲しいだけ、なのに、指が、勝手に……動いちゃ……っっう! あふぅっ!」

膨らみ始めたオマメに触った瞬間、沙恵の体が跳ねる。

「……ソコ、気持ちいいの?」

「やだ……知らない。そんなの知らないよ……いじわるぅ」

泣きべそをかきながら沙恵は、夢中になって指を動かす。

「はぁ…………っっく。だめぇ……気持ちいい……。くにゅくにゅして、ぞくぞくして……エッチなお汁が溢れてくるのぉ……、ゆかちゃん……みて、もっと、奥まで広げるから……っ!」

「…………うん、っく」

沙恵は大胆に股間を広げるだけでなく、胸元もはだけさせていた。

昔のペッタンコだったおっぱいからは想像できない、おっきなおっぱいをさらしてもみしだきつつ、下の手では、一番敏感であろうオマメを中心に弄《いじ》り始めた。

「ゆかちゃん……ゆかちゃん……ゆかちゃん……っっ!!」

沙恵の身体がまた跳ね上がり、苦悶《くもん》の声をあげる。

「ゆか、ちゃん……わたし、みせたことないから……」

「……え？」

「他の人に、こんなところ……みせたことないんだからね。ゆかちゃんだけ……わたしのこんなトコロみても良いの、ゆかちゃんだけだから……っっ!!」

「……うん」

沙恵の告白に、嬉しくて縁の胸の奥が熱くなる。

「い……っ！　わたし、イく……イっちゃうっっ!!」

「いいよ……みててあげる。沙恵ちゃん……！」

「はぁっっっっく！　あぁっ！　あはあぁぁんっっっ！！！」

ギュッと身体を強張らせた沙恵は、目を瞑《つぶ》り、歯を食いしばる。
二、三度大きく痙攣《けいれん》し、それを我慢するかのように小刻みに体を震わせるさまが、沙恵の絶頂を如実に物語っていた。
「…………………」

「…………………」

ふたりとも言葉が出てこない。

休憩室には、打って変わって静寂が訪れていた。

もしここで、沙恵ちゃんを抱きたいといってしまったら、どうなるんだろう？

そう考えながらも縁がどうしても口を開く勇気を持てずにいると、沙恵のほうが息苦しい沈黙を破った。

「……いいよ」

「え……？」

「いいよ……ゆかちゃんだったら。わたしのバージン、あげる……♪」

ゾクリと縁の腰骨の辺りがざわめく。

「沙恵ちゃん……初めてだったんだ？」

「初めてだよぉ……みせてあげるの、ゆかちゃんだけっていったじゃない♪」

「……………………」

凄く嬉しいことをいってもらってるのに、縁は別の考えに取《と》り憑《つ》かれていた。

このソファの上では明菜と一緒になってしまう。それはなぜか明菜にも、沙恵にも失礼な気がした。

性欲に支配された脳みそではロクな考えが浮かんでこない。

「それじゃ、こっち来て……」

「え？　あ。ちょ、ちょっと待ってよ……。どこへ…………っ!?」

驚き慌てる沙恵の腕を引いて、縁は扉の前に立ち、その扉を開け放つ。

そして沙恵を押し出すようにして、扉枠へと手をかけさせた。

「ちょ、ちょっと、ゆかちゃん？」

沙恵は当惑した表情で縁を伺う。

「ドア開けて、誰《だれ》か来たら……!!」

「……みられたいんでしょ？」

「そ、それはそうだけど……っ！」

体勢を立て直そうとする沙恵を優しく押さえ込み、お尻をこちらに向け、股間の高さを調整する。

「あ、やん。ゆかちゃん……こんな」

「ソファは嫌なんだ……だから、こっちで」

「もぉ……わたしはソファでゆっくり……んきゃっ!?」

肉塊の尖端《せんたん》を剥《む》き出《だ》しになったままのワレメに添える。

十分に濡れそぼったソコは、今や遅しと縁の侵入を待ちこがれているように思えた。

「ひゃうっ！　ゆ、ゆかちゃん……ちょっと、怖いよぉ」

「大丈夫……沙恵ちゃんの乱れるところ、全部みててあげるから」

「あ………っ♪」

今更自分の露出癖を思いだしたとばかりに沙恵は赤面する沙恵の初々しさが可愛くて、縁はたまらず腰を押し進めた。

「んっ！　ゆかちゃんの……わたしに…………は、入る……のかな？　ねぇ？　ゆかちゃん、ゆか……っっ‼」

期待と不安から沙恵は、饒舌《じょうぜつ》になる。反対に縁は無言のまま挿入していった。

「あっ？　あ、あ、ああ……は、いって……くる？　入ってくるよ、ゆかちゃんの……わたしのナカに、入って……っっ‼」

「く……っっ‼」

「どんどん……どんどん入ってくるよ？　ゆかちゃんのおっきいの、わたしに入ってくるよぉ……っ！」

結合されていくさまをじっくりと眺めながら、一々説明する沙恵の言葉がいやらしくて、縁はゾクゾクしながらイトコの膣《ちつ》を切り裂いていった。

「あっ……っつぅ、い。こんな、こんなに熱いの……初めてぇ。さっきと同じ……わたし、感じてるかも……初めてなのに、感じて……っ！」

沙恵のお尻がビクビクと激しく震えると同時に、まだ狭い膣腔が異物の侵入を阻止しようとグイグイと抵抗する。その膣壁《ちつへき》の動きが尖端に伝わり、縁は最高の性感を味わっていた。

「沙恵ちゃん……最後まで、いくよ？」

「ん……良いよ。ゆかちゃんの、わたしのナカに押し込んで……！　わたし……大丈夫だから。たぶん、ゆかちゃんだから♪」

「沙恵ちゃん……っっく！」

「あっっ〜〜〜っっ‼」

ズブッ！っと貫かれた沙恵は感に堪えないといった声を張り上げた。

「はは……そんなに大きな声あげると、本当に誰か来ちゃうよ？」

「はむっ！」

慌てて口を塞《ふさ》いだ沙恵は、恨めし気に背後の縁を睨み、小声で非難してくる。

「…………い、いじわるぅ〜〜……っっ‼」

「みられたいんでしょ？　それなら、もっと声出して……！」

縁は腰を使いはじめた。

「ひうっ！　うっ、む……ぅうん！　はぁ、っく……あん、あん、あん……っ！」

女の子は初めは痛がる、というのは一般常識だが、沙恵はそれほどでもないようだった。

縁は男だから女の子の痛みなんてわからないが、沙恵の悶《もだ》え具合は痛みというより悦《よろこ》びに見える。

もっとも、それを量れるほどに縁が手慣れているわけではない。

「ゆかちゃん……ん。すごい、これ、すごいよ……っ！　ナカが擦れて、痺《しび》れてくるの……奥に当たって、弾《はじ》けるのっ！」

「僕も……すごいよ、沙恵ちゃん……っ！」

縁は、沙恵のお尻を掴《つか》み、固定しながら、じっくりじっくり出し入れする。

突き込むときの抵抗感、抜き去るときの粘着感など、襞《ひだ》が絡み付き肉塊の全体を愛撫《あいぶ》する。

その心地良さは、明菜とはまた違ったものだと感じられた。

「やん……そんなに押されたら、外にでちゃうよぉ……っっ‼」

いわれなくても、廊下に押し出すつもりでやっているのだ。

それに沙恵が抵抗しようとするたびに、ギュウギュウと締まる膣がなんとも心地良い。

縁は、かなりこの快感に酔っていた。

「はぁ……あ、っく……んぅ！　きつい、きついよぉ……」

「あ……！」

恍惚としながらも、苦しそうに喘《あえ》ぐ沙恵の内股《うちまた》に赤い汁が流れているのを見て、改めて沙恵が処女だったと知った縁は思わず驚きの声を漏らした。

「んぅ……な、なぁに？　あ、あ、ああ……っく」

沙恵がなにを心配しているかわかった縁は、あえて正直には応えず意地悪をする。

「何でもないよ……ちょっと、足音が聞こえたような気がしただけ♪」

「う、うそっ⁉　やだ！　こんなとこみられたら……っ！」

沙恵は焦りに震えたが、すぐに悦びの嘆息を漏らした。

「みられたら……あ、あんっ♪　みられちゃうよぉ～～っ！」

縁はおどけて腰の振りを激しくする。

「もぅ、だめ……かも……わたし、立ってられない……。さっきと同じの…………くる」

諦念《ていねん》ともとれる声色に、縁は沙恵の快楽を認識する。ガクガクと震える膝《ひざ》が、その真実を語っていた。

「沙恵ちゃん……沙恵ちゃん……っっ!!」

「……いいよ。ナカにだして……そのままイって！　わたしのナカに、いっぱいだしてっっ!!」

「くあっっ!!」

沙恵の言葉に、縁は一瞬で絶頂に駆け上る。

ドピュ……ドクッ、ドクッ、ドクンッ！

「ひあっっ～～～っっ!!　あ、あ、あ、あ、あああぁああっっっ！！！」

「もぉっ！　ゆかちゃんって、意外と強引だよね？」

扉の閉められた休憩室では、沙恵が服を整えていた。

「……ごめん」

「………………」

「…………………」

縁の謝罪は無視された。

沙恵は無言のままロッカーから替えの編みタイツを取り出して、いそいそと服を直してから、ジロリと縁を一瞥《いちべつ》する。

「ごめんね……？」

責められても仕方のないこととはいえ、これで嫌われてしまうなんて悲しすぎる。

いたたまれず縁が再び謝罪すると、沙恵は溜息をひとつつくと、スッと側《そば》に寄り添ってきた。

「でも、ま……そうさせたのはわたしだろうし……」

「え……？」

「それに、すっごく気持ちよかったから……許してあげる♪」

チュ……。優しくて、温かいキスに、縁は思わず赤面してしまう。

「さ、沙恵ちゃん……」

「やだ、赤くならないでよ……さっきはもっと恥ずかしいことしたくせにっ」

そういいつつ、頬を染める沙恵を見て、縁はまた性欲が浮かび上がってきたが、さすがにそれはいえなかった。それにそろそろ仕事に戻らねばならない。

第3章　熱いのをちょうだい！

「五月蠅《うるさ》いといっているのだ！」

爽《さわ》やかな陽気の昼下がりだった。縁がバイト先である高級レストラン「プラチナ」に向かおうと、駅前を通りかかったとき、一目もはばからずにあがった女性の大声に驚いて視線を向ければ、駅前をちょっと外れた場所に、バイト仲間である鵠沼涼がいた。

彼女はひとりではなかった。向かいに男性がいる。

「そんなコトいわずにさぁ、いいじゃないか？」

「貴様が良かろうが、私は良くない。それに急いでいるのだ、と何度もいっているだろうが！」

「くぅ～～♪　そういう言葉遣いがまたイイよねぇ。なぁなぁ、もっと話しようぜ」

かなり乱れた格好をした男である。どうも、涼をナンパしているように見えなくもない。

「ナンパなどお断りだ！　一昨日《おととい》来るが良い！」

涼は嫌悪もあらわに啖呵《たんか》を切っている。

縁と涼は必ずしも親しいという関係ではない。縁は、どちらかといえば苦手意識があるため、一瞬、他人の色恋沙汰《いろこいざた》に係わるのはよして、見て見ぬふりをしようか、と思わないでもなかったが、まさか見捨てる訳にもいかないと思いなおすと、小走りに涼に近寄って声をかけた。

「涼ちゃん」

「ゆ、縁……っっ!!」

マズイところを見られた、とばかりに涼の表情が曇る。その態度を予測していた縁は、気付かないフリをして男の前にでた。

「ンだ？　テメェは？」

「今日会う約束をしている者です。ですから、あなたのご希望には添えません」

同じアルバイト先の仲間という必要はないだろう。たいがいのナンパ男はこういわれたらすごすごと引き下がるものだ。しかし、彼はどうやら視野が狭窄《きょうさく》しているらしい。

「ナヨっちい野郎に用はねぇよ。どいてなっ！」

目に嫉妬《しっと》の炎を燃やした男の腕が縁に伸びる。

縁の外見だけ見て、甘い考えをしているのだろうことは明白だった。足運びにもキレがない。つまり、完全なる素人さんである。

男の腕を掴《つか》んだ縁は、さらに腹辺りを掴みにかかる。腰を落とし、男に押し当て、男の勢いに合わせて腰を突き上げた。

「ンなっっ⁉」

縁の背中でクルリと回転した男は、次の瞬間、背中から地面に落ちていた。いわゆる一本背負いである。

「それじゃ、僕達行きますから♪」

「………………」

手を放しても、男は唖然《あぜん》としたまま寝転がっていた。叩《たた》き付《つ》けてはいないので、どこも怪我《けが》はしていないだろう。

追いかけてこられると困るので、縁は涼の手を引き、この場所から小走りに離れていった。

「……ビックリした……」

騒動のあった場所からだいぶはなれたところで、もういいだろうと立ち止まると、涼が切れ長の双眸《そうぼう》をまん丸に開いて、縁の華奢《きゃしゃ》な体を上から下まで呆然《ぼうぜん》と見ながら呟《つぶや》いた。

「何が？」

「大の男が、あああも簡単に宙を舞うものなのか？」

「あぁ、あれ？　別に珍しい技じゃないけど……確かにあそこまで型通りに飛んでくれると気持ちいいよね」

さらにいえば、一本背負いというやつは、体格の小さいものがでかい相手を倒すための技である。だから、縁の得意技なのである。

縁の説明を涼は聞いていなかったらしく、惚けた顔のまま続けて呟いた。

「柔道……ちゃんとやっていたのだな」

「…………」

信用してもらっていなかったらしい。縁は少しだけ溜息《ためいき》を吐《つ》いた。

「まぁ、本当は一般人にああいうことしちゃいけないんだけどね。……ああいう場合は仕方ないと思って」

「い、いや！　助けてくれたことには感謝しているぞ」

涼は礼儀を失したと感じたのだろう、焦りながらも感謝の意を表した。

「どういたしまして……少しは見直してくれた？」

「ば、馬鹿者《ばかもの》ぉ！」

照れる涼は可愛《かわい》いと、本人にいったらさらに機嫌を損ねるだろうと思い含み笑いをした縁は、ふと、先日ゲームセンターで取ってきたヌイグルミのことを思い出した。

ヌイグルミなど縁には手に余ったので、沙恵にでも上げようと思ってプラチナのロッカーに入れているのだが、なかなかその機会がなかったのだ。

ふたりはいっしょにプラチナに入り、レディファーストでさきに涼が更衣室でバニースーツに着替えてでてきた。そこを縁が呼びとめて、大きなウサギのヌイグルミを差しだす。

「子ウサギあげるから、機嫌を直して、ほら♪」

「あ…………」

戸惑いを隠し切れない涼の前で、ヌイグルミの耳をピコピコ動かしてやると、みるみる表情が明るくなる。

「いっ、いいのかっ⁉」

飛びつかんばかりの涼の勢いに、縁は少し戸惑いながらも大きく頷《うなず》き、そっと手渡すと、涼の表情が一気に緩んだ。

「可愛い♪　この子は可愛いぞっ♪」

「はは……そうだね」

「私、ちょうどこういう子が一人欲しかったんだ♪」

人形なら一個、ウサギは一羽というと思うのだが、涼は擬人化してしまった。

「いいのだな？　本当に貰《もら》ってもいいのだなっ⁉」

「うん。可愛がってあげてね」

「勿論《もちろん》だっ♪」

意外なことに、どうやら涼はヌイグルミ、または可愛らしい物に滅茶苦茶弱いらしい。

子ウサギを抱きしめながら、無邪気に喜ぶ涼と、普段の厳しい涼のギャップが激しすぎて、にわかにその事実が受け止めにくい。しかし、

「ありがとう、縁♪　きっと大切にするぞ♪♪」

満面の笑みで喜ばれては、縁まで嬉《うれ》しくなってしまう。

バニー姿の美少女が、子ウサギのヌイグルミを抱えて喜んでいるさまが少しおかしく、

そしてかなり可愛いかった。

　縁は、涼に対する見解を改めた。

　来るときにちょっとしたトラブルはあったものの、仕事のほうは順風満帆だった。

　お客様は多くもなく少なくもなく、ウエーター仕事に慣れた縁には、物足りないくらいの仕事でしかなかった。

「ん〜〜……毎日こんな感じだといいなぁ」

　毎日ナンパされる女の子を助けて回る訳にはいかないけど、ああいう時は柔道をやっていて良かったと思う。世の中、場合によっては力が必要になることもある。特に、縁のような男らしさの不足した外見では。

「でも……このことが先輩や師匠に知れたら……怖いだろうなぁ」

　理由があったとはいえ、一般人に手を出すのはやはり良くない。少し反省する縁だが、それにしても、涼と親密になれたのは嬉しかった。

「これって、もしかして凄《すご》いことかも♪」

　ちょっとは男として認めてもらえただろう。でも、よく考えたら男嫌いなんだっけ？

「……やっぱり駄目かも」

　肩を落としつつ更衣室へと入る。目が少ししょぼしょぼするので、自前の目薬をつけに来たのだ。

扉を閉め、さてカバンを、と顔を上げた縁は、素っ裸で片足を上げて編みタイツを穿《は》こうとしている涼と思いきり目が合った。

つまり、涼は着替えの最中だったのである。

沙恵のときもそうだったが、プラチナのバニーさんたちは、バニースーツの下に下着をつけないらしい。

釣鐘型の豊満な乳房、すっきりとした小尻、黒々とした陰毛が視界に飛び込んできた。

「…………」

「…………………」

唖然とした表情で縁と涼が見つめ合い硬直する。

縁の脳裏ではこののちの行動として3パターンが浮かんだ。

選択肢1：押し倒す。…………できる訳ない。

選択肢2：悲鳴をあげる。…………それは涼ちゃんの行動だ。

選択肢3：謝る。…………しかないよね？

「ぅわわわわっ！　ごっ、ごめんっっ!!」

「待てっ！」

ようやく考えがまとまり、慌てて更衣室から出ようとする縁の背中を、涼の淡々とした声が呼び止めた。

「……少し待っていろ」

「う……うん」

背後からかかる声に、思わず振り向くと、ギロリと一瞥《いちべつ》され、縁はまた慌てて背を向けた。

最悪だよ。せっかく今日は、親密になれそうな良い雰囲気だったのに、着替えを覗《のぞ》いてしまうなんて最悪だ。

仕事中、まだ誰《だれ》もいないだろうと思って来たのに、涼がいるなんて思いもしなかった。早退でもするのだろうか？

などと落ち着いて考えている場合ではない。相変わらずノックをし忘れた自分が、情けないやら恥ずかしいやら。

きっと怒られるんだろうなぁ。それだけで済めばいいけど。

背後ではゴソゴソと衣擦《きぬず》れの音が聞こえてくる。当然、服を着ているのだろう。

普通に考えればかなり色気のあるシーンなのだが、縁にはそんなことを考える余裕はなかった。

「こちらを向け」

「……良いの？」

「あぁ、良い……」

審判のときは訪れた。覚悟を決めた縁が、恐る恐る振り向くと、涼はバニースーツを着ていた。

さすがにこの状況では、いそいそと学制服を着ている暇はなかったんだろう。脱ぎかけだったバニースーツを着るほうが全然早い。

でも、それなら追い出せばいいじゃないか？

「あ………」

涼のバニースーツが新しくなっていることに気が付く。おそらく、汚してしまったので着替えていたのだろう。

納得した縁は、深呼吸して涼を見た。

「……ごめん」

「………………」

縁がお詫《わ》びをしても、涼は相変わらず難しそうな顔で睨《にら》むだけで、何を考えているのかよくわからない。

「本当にごめん……いい訳はしないよ」

「そうか……殊勝な心がけだな……。しかし、まさかそれで済むとは思っていないな？」

「……うん」

殴る？　蹴る？　射る？

彼女の怒りを静めるにはどうしたらいい？

涼はキッパリと命じた。

「では、脱げ」

「…………はい？」

「脱げ、といったんだ。聞こえなかったのか？」

「……………………………」

縁の頭のなかが真っ白になる。

何だ？　涼は何をいっているんだ？

そんな縁の戸惑いが伝わったのだろう。涼は呆《あき》れたように肩をすくめて縁を睨《ね》め付けた。

「私の裸をみておいて、自分のものはみせないというのか？　そんな不公平が、理不尽が許されるとでも⁉」

「ふ、不公平……って」

どういう理屈なんだそれは⁉　ふざけてるのかと思ったが、涼の顔は真剣そのものだった。

縁は逡巡《しゅんじゅん》するも結局は観念《かんねん》した。今ここで涼に逆らっても無意味だろう。それこそ本当に殴られかねない。

「……みせる、だけだよ？」

「あぁ……それでいい」

縁が恐る恐る様子を伺うと、涼はニッコリと微笑《ほほえ》み、長椅子《ながいす》へと腰を下ろした。

どうやら、本当に見せなければならないらしい。まぁ、涼の性格からいって、少なくとも馬鹿にするためとか嘲笑《あざわら》うためではなさそうだ。

縁は観念して、涼の前に立った。

「……どうした？　突っ立ってるだけではどうにもならんぞ？」

「ほ……本当に脱ぐの？」

「安心しろ。やましさはこれっぽっちもない」

涼は大真面目で請け合った。

「……パンツも？」

「不公平は正さなければならない……それだけだ」

「……うん」

え〜い！　こうなりゃ自棄《やけ》だ！　縁はシャツを脱ぎ、少し躊躇《ためら》いながら、ズボンとパンツを下ろした。

「…………っ！」

涼は息を呑《の》む。

「……これでいい？」

縁は露出狂ではないから、女の子の前に素裸を晒《さら》して、気持ちいいものではない。

「意外と引き締まった良い体をしているな……ただ……」

「ただ……？」

「何故《なぜ》、陰茎が勃起《ぼっき》していないのだ？」

涼は心底、不思議そうに首を傾げた。

「ぶっっ!!」

どうして真面目な顔してそういうことがいえるんだ⁉　これがまだ恥じらいながらの言葉なら色気もあるのに。……色気？　何か期待してるのか、僕は？

内心で苦悩している縁をまえに、涼のほうは淡々と自分の疑問を口にしていた。

「普通、男は女の裸をみれば勃起するものだろう？　それが何故していないのか、と聞いているんだ！」

「な、何故といわれても…………」

こんな状態で発情できるほど、縁は性になれていない。

不満そうに頬《ほお》を膨らませる涼は可愛いけど、それだけでどうにかなるものでもない。どう対応したものか、沈黙している縁に、涼のほうは焦《じ》れた。良くいえば潔い、悪くいえば短気な性分な娘《こ》である。

「仕方ないな……では、これでどうだ？」

「え…………っっ⁉」

呆れの溜息をつこうとしたいた縁が、一瞬にして驚愕《きょうがく》に息を呑む。

涼が、バニースーツの胸をはだけ、その綺麗《きれい》な乳房を剥《む》き出《だ》しにしたのだ。

「な、なな何を……っ！」

「先程はそれほどじっくりとみなかったのだろう？　今は許す。私の胸をみろ」

許す、といわれてもなぁ、と思いつつも、涼の胸の稜線《りょうせん》のあまりの綺麗さに、縁は徐々に目を向ける。

それと並行して、海綿体にはムクムクムクっと血が流れ込んでいった。

「ふむ……やはり大きくなってきたな。少なくとも、貴様の目からみて、私は魅力的ということか♪」

淡々としているようでも、微妙に上擦ってきている涼の声がまた、縁の肉茎を膨張させていった。

突き出すように胸を張り、自信満々に薄桃色の乳首を見せつけてくる涼は、相変わらず何を考えているのかよくわからない。

それでも徐々に、反らした胸に力がなくなり、屹立《きつりつ》した肉茎と縁の顔を交互にチラチラ盗み見るようになり、やがて躊躇《ちゅうちょ》しつつ、口を開く。

「なぁ、縁…………」

涼の声に感応して、縁の胸が高鳴り、それに合わせて陰茎もまた反応する。涼の目が、脈動する陰茎に釘付けになった。

「どうかした……？」

「あ……す、すまない……あの、だな……」

緊張にかすれた声で涼は質問してくる。

「私は、その……魅力的、だろうか？」

「……魅力的だよ。そうじゃなかったら、こんな風にはならない」

縁は自分のいきり立ったモノを見る。涼の視線も一瞬そっちに移った。

「そ、そうか……♪」

涼は、安堵《あんど》の溜息を吐く。しかし、魅力的も何も、そんなこと聞く必要もないだろうに。

「そ、それで、だな……もう一つ、頼み事があるのだが」

「……何？」

「せ…………を、みせて欲しい」

ここへ来て、初めて涼が恥ずかしがる。声が小さすぎてなにをいっているのか聞き取れない。

「……何をみたいって？」

「だから、その……精液、を、みたい……」

羞恥《しゅうち》に真っ赤な顔をして俯《うつむ》く涼は、普段の凛々《りり》しさとのギャップが、縁の心を激しく捉《とら》えた。

それにここまで来れば、あとはどこまで行っても一緒であろう。オロオロするのも格好悪いと縁は開き直った。

「いいよ……それじゃ、顔上げて？」

「あ……あぁ！」

いつの間にか主導権が縁に奪われていることにも気付かず、涼は嬉しそうに顔を上げて、期待いっぱいの表情をする。

涼の綺麗な乳房は、オナニーのオカズには十分すぎるものだ。

「あ………」

縁が肉茎を前後にしごくさまを見て、涼が息を呑む。

怖い物見たさ、といった風情の涼は、もう縁の顔も見ることなく、縁のオナニーに見入っていた。

「こういう風にするのか……凄いな………」

オナニーを見せたがる少女がいれば、オナニーを見たがる少女もいる。まったく日本の未来は大丈夫か？と瞬間風速的に憂国の士を気取ってみたりしながら、縁は夢中になって自慰をする。

「はぁ……ふ…………ごくん。ん……く。あぁ…………」

完全に縁の自慰の虜になった涼は、落ちつきなく、唾《つば》を呑んだり、熱い吐息を漏らしたりしていたが、そのうちにこっそりと自分の股間《こかん》へと手を伸ばす。

その綺麗な乳房が小刻みに震え、快楽を貪《むさぼ》り始めているのがわかった。

「……くす♪」

「あ……早く。はやく……みせて」

「もう少し待って……っく。もうすぐだから……」

精液が見たいというなら、たっぷりと見せてあげよう。

この異常な状況下で、縁の思考もかなり壊れてきていた。

「ゆかり……はやく……！」

「っく！」

涼のおねだりに合わせて、絶頂が来る。

「でっ、でるよっっ!!」

「え……っっ!?」

肉茎を涼の鼻先数センチまで持っていって、爆発させる。

ビュクン、ビュル、ビュルルッ!!

バシャ、バシャ、バシャ！

「きゃうっっ⁉」

これでもか、というほどに大量の精液が、涼の顔全体に降りかかった。

……。

…………。

「……………………」

「…………」

縁が息を整えている数十秒の間、涼はただ恍惚《こうこつ》としたウットリとした表情で、顔にかかった精液にまみれたまま、拭《ぬぐ》おうとも、舐《な》めようともしない。

「……満足した？」

「は……………？」

縁の声で、ぼんやりとしていた目に、少しだけ焦点を取り戻した涼は、慌てて頭を振って正気に戻ろうと努力する。

「あ、あぁ！　そうだな！　少しは男らしいところがあるではないか。見直したぞ。十全に、とはいわないが……まぁ、今日のところはこれで勘弁してやろう」

捲《まく》し立《た》てる涼の、その照れた顔が、震える身体《からだ》が、言葉とは裏腹に縁を誘っているように思える。

「……満足……したい？」

「え………？」

何をいわれたのか理解できない、といった不安そうな顔をする涼に、縁の嗜虐心《しぎゃくしん》は誘われた。

一度外れたタガは、そう簡単には戻らない。

「身体の火照り……取ってあげるよ」

涼の肩を優しく掴み、そのまま長椅子に押し倒す。

「なっ、何をする！　私は別に……っ！」

「火照ってない？　さっき自分で弄《いじ》ってたのに？」

「わ……私は、そんなこと………あ」

涼としては、オナニーは気付かれないように密《ひそ》かにしていたつもりなのだろう。それがばれていたのだと知って、恐れおののいた。

いつも気丈な娘がみせる切なげな表情と弱々しさが、縁の性欲を激しく刺激する。

無理《むり》強《じ》いをするつもりまではないが、涼からの抵抗はほとんどといっていいほどにない。

「どうする？　どうしても嫌なら止めるよ……？」

「い………や、ではない……で、でも、私……初めてだから……その」

恐怖と好奇心、羞恥と不安、これから訪れるであろう未知の体験に、涼の口が言葉を濁す。

「怖く、しないよ」

「ぁ………」

最後の答えを聞く前に、縁は涼に口付けた。

そのまま涼のスレンダーな身体を長椅子の上に横たえる。何度かキスをして、肩の力をほぐれさせる。

「ゆ……縁……慣れて、いるのだな？」

「……歓迎会の時、明菜さんがいわなかったっけ？　僕、明菜さんが最初の女性だよ」

「そ、その割には、女の身体の扱いに慣れているというか……その」

涼は眼を泳がせながら言葉を捜している。縁は微笑してしまう。

「そう感じてくれたなら嬉しいけどね」

「ば、馬鹿者……っ！」

お決まりの照れ隠しの台詞を聞き流し、涼の片脚を掴み、グイと上げると、涼の身体が横を向く。

「こ、こんな格好で……っっ!!」

スーツに覆われているからとはいえ、股間を剥き出しにすることには、やはり抵抗があるのだろう。涼の目には、少し非難がましいものが含まれていた。

「さて……と」

空いた片手で股間のスーツをずらす。そこには、生肌に編みタイツという艶《なま》めかしい肉体があった。

「そ、そこは……みるなっっ!!」

「みるな、といわれても……これから、涼ちゃんのここに、コレが入るんだけど？」

縁が視線を落とすと、そこには今や遅しと快楽を待ちわびている陰茎があった。

「あ……そ、それは………」

涼の顔に未知への怯《おび》えが浮かんだが、思い出したように声を張り上げる。

「そ、そういうデリカシーのない言葉は……きゃっ!?」

涼の言葉を無視して、編みタイツを引き裂く。一度ビリッと音を立てたそれは、簡単に穴を広げていった。

「ばっ、馬鹿者！　破るな！」

「もう遅いよ……後でちゃんと買ってあげるから」

「そ、そういう問題では……はぁ……っ！」

脚の間に入り込み、股間同士を近づける。

陰茎を持ち、既にしっとり濡れている陰唇へと亀頭を這《は》わす。

「はぁっふ！　く、くすぐったい、ぞ……あ、ン」

「もう少し濡らしておかないと……涼ちゃんが辛《つら》いよ」

「馬鹿な！　怖いことはしないと……っっ!!」

「うん……しないよ。だから、僕に任せて」

襞《ひだ》をくすぐり、陰唇を掻《か》き分ける。膨らみ始めた陰核に亀頭を擦ると、涼の身体がビクンと弾《はじ》けた。

「……怖い？」

「く……くすぐったい……と、いうか……その……」

快楽を感じていることを素直に口にできないのだろう。涼は真っ赤になって言葉を選ぶ。自分の想《おも》いを口にすることが苦手な人種はいるものだ。そのなかに自分も含まれていることを縁は自覚していた。

「もう少ししたら……入れてあげるね？」

「べっ、別に私が頼んだ訳で……はっ、く、ぅう……っ！」

擦れば擦るほど溢《あふ》れてくる愛液を見るのが楽しくて、ついつい悪戯《いたずら》したくなってしまう。いつの間にか陰核は十分に膨れ、パックリと開いた陰唇《いんしん》が、今や遅しと陰茎の侵入を待ちわびていた。

「はぁ、はぁ……あっく……ぅン。こ、これ……いい。少しだけ……気持ちがいいぞ……ゆかりぃ……♪」

「くす♪」

涼の身体も、次第に快楽を受け入れるようになってきていた。

「涼ちゃん……入れるよ？」

「入れ……？　何を……ふわぁっ？」

亀頭を膣口《ちつこう》に埋める。良くほぐしたそこは、縁のモノを難なく受け入れた。

「縁……？　私に、何か……あっっ⁉　やっ！　こんな……こんな……っ！　入って……縁、入ってくるっ！　私の中に縁が……っっ⁉」

脚を取り、高く上げると、またも答えを聞く前に行動に移り、すべてを挿入してしまう。

この数日で、僕も随分大胆になったものだ、と苦笑しながらも、縁はスタイリッシュな涼の、これまたスマートな陰唇を掻き分け、爆発寸前の陰茎を膣腔へと無理矢理侵入させる。

「縁、怖い！　ゆかりっ⁉」

「怖くない……力を抜いて？　僕に任せて……」

ズップ……ヅプン！と処女膜を越えたのがわかった。

「きゃふっっ‼」

先程の自慰行為と今の前戯で十分に濡れていた涼の膣は、それでも狭く、硬かった。

初めての女の子らしい恥じらいと恐怖、そして喘《あえ》ぎ声《ごえ》が、縁のなかでの涼を完全に女の子だと認識させる。

「きゃあーーーーーっっ!!　いっ、たぁああ…………あ。あ、あ、あ……っっ!!」

涼は破瓜の痛みに涙を浮かべる。

「ごめんね……それだけは、どうしようもない」

「うぅ……っく。だ、大丈夫……痛く、ないから……」

目元に涙を溜《た》めながらの健気《けなげ》な嘘《うそ》が、涼をより可愛く見せる。

縁は躊躇うことなく、すべてを埋め込んでいった。

「はぁ、はぁ……あ、っく……ウン、は、入った？　縁の……全部……？」

「入ったよ……よく頑張ったね」

「ば、馬鹿……♪」

縁の賛辞に、涼は涙目で拗《す》ねる。

「それじゃ、動くね？」

「あ。待って……まだ……っく！」

縁は、またまた涼の言葉を無視して腰を使う。

「ゆ、かり……！　ゆかり、縁……っ！」

「うん。ここにいるよ……涼ちゃんのナカにいるよ」

「あ……私のナカに……いるの、わかる……、縁の、大きなのが……私を、突き刺してるの……わかる♪」

ブルブルと身体を震わしながら微笑む涼が可愛くて、縁はまた前後運動を速める。

次第に大きくなっていく水音が、涼の悦《よろこ》びを表しているかのようだった。

「きゃふ……！　感じる……私、感じてる……？　なぁ……私、おかしくないか？　こんなに、縁を感じてる……っ！」

「おかしくない……嬉しいよ」

「あ……♪」

涼は、女の悦びを漏らした。

ようやく最後の緊張感がほぐれたかのように、涼の顔に落ち着きが見られた。そして、気遣わしそうに縁の顔を覗き込む。

「縁は……？」

「ん？　僕が、何？」

「その、なんだ……縁は、ちゃんと感じてるか？」

気遣うような視線を向けてくる。そんなところが彼女の優しさと大きさの証であろう。

ゴリゴリと擦れる涼の膣腔に感じないわけがない。気を抜いたらすぐにでも絶頂を迎えてしまう。

「涼ちゃんが感じた分だけ……だから、涼ちゃんも」

「私か……私は、たぶん……もう駄目だ……」

涼はくったりと目を閉じた。

「……駄目って？」

「遠い、ところに……連れて行かれそうだ……っく……。もう……縁しか、感じられない……♪」

キュンと、胸が締め付けられた縁は、同時に、凄まじい高ぶりに襲われた。

「くうっっ!!」

「縁は………可愛いな♪」

再び目を開いた涼は、高熱に浮かされているような顔で、縁の顔を見詰めていた。

ビクンッッ!!

涼の身体が激しく弾け、膣壁《ちつへき》が上下左右から縁を締め付けた。

「だっ、だすよっ！」

「精液……みせて？　また、飛ぶところ……っ！　私が、どこかに行く前に……っっ!!

ゆかりぃ………っっっ！！！」

「く……っは……！！！」

絶頂の直前、縁は涼のなかから逃げ出した。そして、また、涼の綺麗な顔に向かって、精液を大量に放出した。

ドピュッッ!!

ビュクッ、ビュク、ビュクンッ！！！

「とはいえ……やはり、少し不公平だ」

「え？」

コトが済んだあと、涼は不満を口にした。

「な、何が不公平なのかな？」

「貴様は最初の痛みを味わってはいまい？　女だけが痛みを感じなければならないのは、理不尽だ」

そんなことをいわれても、セックスしなければいい、という問題でもないし、いつかは破瓜が来るのだから、そのときには必ず痛みを感じなければならない。確かにそれは、女性にとっては辛いことだろう。

「……ごめんね？」

「謝って済む問題か？」

「…………………ごめん」

「く……くくっ。あははは……♪」

縁の渋面を見て、涼が吹き出す。

「涼ちゃん……？」

「あはは♪　し、仕方がないな……その顔に免じて、今回は許してやるぞ♪」

「……ありがとう」

「ぷはははっ！　れ、礼をいうことか？　あはははっ♪」

思わず飛び出た場違いなお礼に、涼はまた笑い始める。それはすでに爆笑だった。

初体験のあとだというのに雰囲気ぶち壊し、と思わないでもなかったが、暗い雰囲気になるよりは全然良い。

楽しげな涼を見ていると、縁まで笑いたくなってきた。

第4章　こっちの方が感じるの！

「さて……軽くトイレ掃除でもしておきますか」

まだまだお客様は多かったが、今までも多かったのだから少し汚れていることだろう。トイレが綺麗《きれい》か汚いかは、その店の品位に影響するからいつでも綺麗にしておかなければならない、とは明菜の弁だ。

使用中でないことを確認して、手早く掃除を終わらせた縁は、ホールへと戻り、お客様の具合を確認するも、さほど混んではおらず、自分の出番はなさそうだった。

洗い場のほうも問題なさそうなので、一息吐《つ》くために休憩室へと赴く。きちんとノックをし、室内からの返事を待つ。さすがに涼との騒動以後は縁も慎重になる。

「誰《だれ》もいなそうだな……失礼します」

そっと扉を開ける。

休憩室は閑散としており、縁は安堵《あんど》の溜息《ためいき》を吐いて室内へ入った。

「明菜さんは、どこか行ったのかな？」

辺りを見回すと、デスクの上に置き手紙を見付けた。

『閉店までには戻ります……明菜♪』

どこへ行ったのか知らないが、店長もいることだし、問題はない。

縁はソファに腰を下ろし、なんとか一息吐く。今日も色々と忙しかった。

「じゃ～～んっ♪」

縁の肩の力が完全に抜けきる前、自らの登場の効果音も高らかに扉から登場したのはちまきであった。

「お疲れさま、ちまきちゃ…………ん？」

「へっへっへ～～～。どぉ、このカッコぉ～～？」

ちまきはまだバニースーツのままだった。否、単なるバニースーツではない。

バニースーツの上にセーラー服の上だけ被《かぶ》った、どこか怪しげなアニメキャラのような出で立ちである。

「どぉ？　といわれても……それ、涼ちゃんの制服じゃないの？」

ちまきの通う多岐川学園の制服はブレザーだが、今羽織ってるちょっとクラシカルなセーラーは、涼の通う南山学院のものだ。

「えへ♪　借りてきちゃった」

「……黙ってでしょ？」

「あれぇ？　よくわかったねぇ？」

ちまきは不思議そうな顔をするが、この数日で、縁は彼女の性格はよく把握していた。

「ねぇ、ねぇ～、それよりどぉなの？　可愛《かわい》い？」

「う、うん……可愛いよ♪」

少しだけ縁の笑いが引きつっている。

確かに可愛いことは可愛い。それにウサ耳にセーラー服、そしてレオタードとウサ尻尾《しっぽ》というアンバランスさが、微妙な色気を醸《かも》し出している。

「んふふふふ……これでゆかりんをのーさつするのだぁ〜♪」

悩殺ってアナタ、と突っ込みたくなる縁だが、ちょっとされそうになっているのも否定できない。

ただでさえロリータ体型のちまきが、こんなコミカルな格好をし、コケティッシュに身をくねらせれば、変な気分にもなる。

「むふ♪　よくじょーした？」

ススッと側《そば》に寄ってくるちまきの目は発情したメスネコのように潤み、その口元はいたずらっ子特有の歪《ゆが》みをたたえていた。

これ以上はまずい。縁は膨張し始めていたナニを隠すように、そっと腰を引く。

「ち、ちまきちゃん……悪戯《いたずら》は……」

「えー？　イタズラじゃないよぉ？」

ちまきは心外だとばかりの顔をしたあとで、にんまりと笑う。

「どっちかっていうとぉ……性的な悪戯……っ♪」

ムギュっと、へっぴり腰になっていた縁の股間《こかん》に手を伸ばしたちまきは、ズボンの下で硬くなっていたナニに掴《つか》みかかる。

「ぅわっっ⁉」

「あはん♪　よくじょーしてるのだぁ♪」

「ち、ちちちまきちゃんっ⁉」

「ゆかりん、これで隠してたつもり？　ちまきにはバレバレだよ♪」

ムニムニと、ちまきの小さな手が、ひっきりなしに縁のナニを弄《もてあそ》ぶ。

「ぅ、っく！　ちまきちゃんってばっ！」

「むふふふふふ、もぉこんなにしちゃってぇ～～　ゆかりんの、ス・ケ・ベ♪　あ～～んっ♪」

まさか突き放す訳にもいかず、縁の手は虚《むな》しく空を切る。

「だ、駄目だって、ちまきちゃん！　こんなのセクハラだよ～～～⁉」

縁は進歩のないことに明菜にいった台詞と同じような台詞をまた口にしていた。

「ん？　さっきそーいったよ。これはぁ、せーてきなイタズラだって♪」

断っておけばいいというものではない、と縁が抗議の声をあげるまえに、ズボンの上からでは飽き足らなくなったのか、ちまきがズボンのチャックを下ろし始めた。

縁が慌てて差し止めると、ちまきは非難がましい上目遣いで見つめる。

「むー。なんで止めるのぉ？」

「なんでって……何するつもりなの？」

「ナニ」

「………………………」

キッパリと宣言されて、縁は二の句が次げない。

ここのところ、というか明菜に襲われて以来、こんなことばかりのようで、どんどん自分が壊れていってるような気がしないでもない縁である。

「駄目です！」

「ずるい！」

……ずるい、って。理不尽ないわれように、縁は再び絶句する。

「あっきーにはさせておいて、ちまきにはさせてくれないのっ⁉　ちまきは、ゆかりんをそんな風に育てた覚えはないぞっ！」

縁だってちまきに育てられた覚えはない。しかし、明菜が歓迎会のとき、みんなもエッチ、といった理由がわかるようになってきた。とはいえ、このまま快楽に身を委《ゆだ》ねるのはどうなのだろうか？

そんなことがいいわけない。社会的に、倫理的に、男として毅然《きぜん》とした態度をとらなければ！

「ぱくんっ♪」

「のわっっ⁉」

　自問自答して、己の正気の勝利を確信した縁であったが、股間に快楽の痺《しび》れが走ると、声にならない悲鳴を漏らした。

　いつの間にかちまきが縁の肉棒を取り出し、口に咥え込んでいたのだ。

「はむはむはむ……ちゅるんっ♪」

「だっ、駄目だって、ちまきちゃん……っ！」

　声に迫力がないのは縁にもよくわかっていた。この快楽の前には、倫理とか公序良俗とかなど紙切れに等しい。

　性欲の虜になっていく自分を恥じることさえ出来ず、縁はちまきの舌使いに酔ってしまい、逸物を完全に勃起《ぼっき》させていた。

「ぷはあ………むふっ♪　あっきーのいってたとーり。ゆかりんのって立派だねぇ～～？」

「ちまきちゃんのエッチ……」

「やぁ～～ん。ゆかりんの憂い顔って可愛いのぉ～～～♪」

　フルフルと身をくねらせながらちまきが叫ぶ。

　嬉《うれ》しいような、嬉しくないような、複雑な気分になる縁だが、ひとつわかったことがある。もう、ここで止めることは出来ないということだ。

「ちまきちゃん……してもいいけど……」

「けど……？　ぺろんっ♪」

肉棒をヒシと握り締めたちまきは、亀頭部をソフトクリームでも舐《な》めるようにしながら、上目遣いで縁を促す。

「駄目だっていったのに、無理強《むりじ》いした罰は受けてもらうよ？」

「ちゅる……お仕置き？」

「そ。お仕置き……っ！」

「きゃわ⁉」

亀頭に楽しそうに舌を這《は》わせながら、キョトンとした目を向けてくるちまきを抱え上げ、そのままソファの上に横たえる。そしてちまきの頭を縁の股間へ、ちまきの股間を縁の顔の上に配置する。

バニースーツで覆われた股間は膨らみも少なく、陰毛さえ生えていないのではないかという未熟さが感じられた。

「あ……ま、待って、脱ぐから……」

「待たない」

いうが早いか、股間のスーツをずらし、股間の編みタイツを指で切り裂く。そこには、しっとりと潤った可愛らしい女性器が、ヒクヒクと蠢《うごめ》いていた。

襞《ひだ》の少ない女性器と鬱蒼《うっそう》と生えた陰毛のアンバランスさがまた、ちまきの艶《なま》めかしさを訴えかける。

「あ〜〜！　ストッキング破った〜〜？　ひどいよ、ゆかりん！　もぉぉ〜〜っ！」

「お仕置きだっていったでしょ？　……ぺろ」

「ひゃうっ⁉」

陰唇に舌を伸ばすと、ちまきの身体《からだ》が軽く跳ね上がる。トロリと溢《あふ》れ出た愛液の味が、口いっぱいに広がった。

「うぅ……ゆかりん、いきなり強気に出てる……。シックスナインなんて……ちまき初めてだよぅ〜〜……」

明菜ばりなのかと思わせる雰囲気のあるちまきだが、さすがにそうではないらしい。

「ゆかりん、結構ごーいんなんだね？　力も強いし……可愛い顔して、こぉんな暴力的なモノ持ってるし……ちゅ♪」

ちまきは改めて逸物を口に咥《くわ》え込んだ。その快楽に負けじと、縁も陰唇へと舌を伸ばした。

「んふっ、むぅ……ちゅぷ、ちゅるる♪」

「ぷは……ぺろ、れろん。んん、ん、ん〜〜」

ちまきのフェラチオと、縁のクンニリングス。ときに優しく、ときに強く、互いへの愛撫《あいぶ》を続ける。

自ら迫ってきただけあって、ちまきの舌使いはなかなか巧《うま》く、縁は何度も絶頂を耐えるために、ちまきのお尻に掴みかかった。

余分な脂肪の少ないそのお尻の谷間からは止めどなく愛液が溢れ、縁の顔と彼女自身の太股《ふともも》をしとどに濡らす。

小学生みたいな体型をしていながら、この感じ方や愛液の量は、しっかりと作られた女性の身体に他ならなかった。

「ひゃは……ゆかりん……きもちぃーよぉ～～♪　もっと舐めて……ね？　ちまき、そのオマメさんが好き～～！」

「はいはい♪　ぺろ、ぺろん」

ビクビクッと弾《はじ》けるちまきを取り押さえた縁が、しつこいほどに陰核を責めるたてると、ちまきの快楽を表すかのようにプックリと膨らんだ。

「うん、うんっ！　いいの、そこがいーのぉ～～♪　ゆかりん、じょーずで嬉しいよぉ～～……はふっ！」

「ぷは……ちまきちゃん……僕のも……」

縁はツイと腰を突き上げて、新たな快楽を所望する。ちまきの小さな口で咥えられるのは、かなりの快感である。

「むふふ♪　ちまきの舌使いに惚れたカネ？　仕方ないアル。舐めてあげるアルぅ～～♪」

この変な言葉遣いは一生治らないんだろうな、苦笑しつつも縁はちまきに負けずまた舌を伸ばす。

「くちゅ、ちゅぱ……ちゅるるるるっ♪　はぁふ……んぅ。ぺろ……れろれろ〜んっ」

「うぅ……っ！」

ちまきのフェラチオのまえに、縁は幾度かの絶頂感が迫《せ》り上がり、そのたびにちまきのお尻をギュッと掴んで耐える。そのときはさすがに舌を這わせるのを忘れ、犬のような荒い息を吐くしかできなくなる。

「にゅふ……ゆかりん、我慢してる？」

「……すごく」

「んん〜〜♪　可愛いっ！　顔みたい〜〜っ！」

「駄目……恥ずかしい」

「ちまきだって恥ずかしいよ。……ちまきのエッチなトコロ、ぜーんぶみられちゃってるんだも……ン」

ピクンとちまきの身体が痙攣《けいれん》し、声にはウットリとした熱がこもる。舌使いが荒くなり始め、冷静さが失われているのがわかる。

「ちまきちゃんは……我慢してる？」

「え……？　えへ、あはは……は、ち、ちまき……次、イったら、三回目……」

縁が耐えている間に、ちまきは軽い絶頂を迎えていたらしい。さすがに恥ずかしいのか、

声に今までのような元気はなかった。

「ずるいな……ちまきちゃんは」

「だ、だって……ゆかりん、うまいんだもん……ひゃはっ！」

いい訳するちまきの陰唇に遠慮なく舌を這わせ、こぼれ落ちる愛液を啜《すす》る。さらに膣口《ちつこう》へと舌を伸ばし、穴の中へと侵入させる。

「やぁんっ！　ゆかりん……はげしっっ‼　も、もぉ……ちまき……イっちゃうよぉ～～……っっ‼」

ビクビクビクっと激しく痙攣しながらもちまきは一生懸命にフェラチオをしてくる。

「んふっ！　んう……じゅる、ちゅばっ！　むぅ……う、んぅ……はむっ、んぐ……ずるるるるっ！」

舌技も何もなく、互いの陰部を激しく貪《むさぼ》りあう淫《みだ》らな水音が静かな休憩室に、響き渡った。

「はむっっ‼　んっ、んぅ～～っっ‼」

「でっ、でるよっ！」

宣言すると同時に、縁は爪を立てるほど、ちまきのお尻に掴みかかると、全身を硬直させて耐えに耐えてきたものを噴出させせた。

「ふむっっ⁉　んぶっ、むむむむぅぅ～～っっ‼」

「く…………っは」

数秒の痙攣の後に縁はガックリと力を落とす。

「ン…………む……っっ‼」

「ち、ちまきちゃん……大丈夫？」

まだ縁のモノを咥えたままのちまきの身体は、ブルブルと震え、股間からは滝のように愛液が溢れ出している。

「ふむ……ん」

「わ……っと」

ジュルリと逸物から口を離したちまきは、そのまま床へとずり落ちるが、身体を床にぶつけないように縁が支えてやる。

「ちまき……ちゃん？」

縁の呼びかけに、ノッソリと上体を起こしたちまきは、恍惚《こうこつ》とした表情を見せる。

「あは……ほんとはそんなつもり、なかったんだけど、……最後まで……しちゃおっか？」

「……うん」

照れるように身をくねらせるちまきに、縁の性欲は増幅していく。断る理由など、この世のどこを探してもありはしない。

縁は、ちまきの羽織っていたセーラー服を脱がせた。さすがに借り物にシワを付けるのはまずい。いまから涼の怒り顔が目に浮かぶようだ。

おなじみのオレンジ色のバニースーツがあらわとなる。バニーガールなのに胸も尻もないちまきの服は、カップの小さい特注品なのだと、前に本人から聞いた。

その胸元をはだけさせた縁は、その小さな双丘の頂きに接吻《せっぷん》すると、ちまきはおずおずと口を開いた。

「で、でもね……一つ、お願いがあるの……」

「……何？」

羞恥《しゅうち》に染まった顔で懇願するちまきというのは、普段から想像もつかず縁を動揺させる。

ペッタリと落としていたお尻を上げ、ソファに手をついたちまきは、その小さなお尻をクンと突き出し、ゆっくりとその谷間を広げた。

「こっちに……入れて？」

薔薇《ばら》の花弁と菊の蕾《つぼみ》が縁の視界に飛び込んできたが、ちまきが指し示している穴は、男性器を入れる穴ではなく、排泄《はいせつ》にしか使われないはずの穴である。

「おっ、お尻の穴っっ!?」

「…………ん」

肩越しにコクンと頷《うなず》くちまきの表情は羞恥と切なさで、今にも泣き出しそうである。

「やっぱり……変かな？　イヤかな……ゆかりん？」

「嫌……というか、入るの？　そこ……？」

ちまきはコクンと頷く。その仕種《しぐさ》に、縁はドキンと胸が高鳴った。

「ちまきちゃんが、そうして欲しいなら……」

「そうして……ほしい♪」

縁の許しを得られ、ちまきは少しだけ嬉しそうな顔をする。

「ちまきね……前の穴に入れられるの、あんまし好きじゃないの……でも、こっちなら……ゆかりんの好きなだけ動いていいから」

「…………」

その言葉は、暗にちまきの非処女性を表しており、少なからず縁は失望した。

「やっぱりイヤ？　汚い……？」

縁の少しの間を、嫌悪と感じたのだろうちまきが悲しそうな顔をする。

違う、僕が思っていたのは、傲慢《ごうまん》な男の浅はかな欲望だよ。縁は心のなかで謝罪すると、少しでもちまきを悲しませたことが悲しくて、縁はその可愛らしい蕾に舌を這わした。

「ちまきちゃんの身体に、汚いところなんか一つもないよ」

「あ……♪」

ヒクヒクとアヌスを蠢かせてちまきは悦《よろこ》びの声を漏らす。セックスにおけるインサートで、タブーになるところなんかどこにもない。

ちまきが感じてくれれば、縁はそれで満足だった。

「ひゃうっ！」

しばらくの間、お尻の穴にキスをし、舌先でつっ突くなどの愛撫を加えていると、ちまきは嬉しい悲鳴をあげ続けた。

「ゆかりん……いい。いいよ……あったかい……ゾクゾクするの……ちまき、感じるの……♪」

「そっか……こっちとどっちが感じるのかな？」

ツイと縁の指先が痼《しこ》り立《た》った陰核を這うと、刹那《せつな》、ビクンと跳ねたちまきが、情けない喘《あえ》ぎを漏らした。

「うぅ〜〜、わかんないよぉ〜〜……ひゃん♪　ち、ちまき……どっちも気持ちいいんだもん」

「くす♪　こんなちっちゃな身体で、ちまきちゃんはやらしい娘《こ》だね？」

「うぅ〜〜！　そんなコトいう人嫌いだも……ンっ、ひゃあ！」

アヌスとクリトリスの二点責めに、ちまきはあられもなく身悶《みもだ》える。

本来ペニスが埋まるはずの穴からは、絶えず愛液が溢れ出し、その細い太股を伝い落ちていく。

そろそろ頃合《ころあ》いだろうと、判断した縁は、愛撫を止めて立ちあがった。

「あ……？」

残念そうに眺めるちまきのアヌスに、縁はいきり立ったペニスをアヌスにあてがって押し込もうとする。

「そろそろ……いくよ」

「あ…………んっく」

ちまきは息を呑《の》む。しかし、ヴァギナと違ってアヌスは本来、男根を受け入れるようにできてはいない。縁が四苦八苦しているところで、ついにちまきはじたばたともがいて、縁を押しとどめた。

「ちまきはアナルバージンなんだから、いきなりは無理だよ。コレ使ってコレっ♪」

「ん……？」

ちまきは、隠し持っていたちょっと大きめのポーチを自慢げに見せびらかした。その可愛らしい柄のポーチはかなり中身が詰まっているらしく、所々膨らんでいる。

「何が入ってるのさ？」

「むふふふふ……よくぞ聞いてくれましたぁ〜〜♪」

ニンマリと笑うちまきに、縁はゾクリと武者震いする。こういう時のちまきは、何か企んでいるに違いない。

「インターネット通販で、買ったやつが届いたんだぁ♪」

ちまきが、勿体《もったい》ぶりながらファスナーを開けると、なかには邪悪な物体がひしめいていた。

「…………何、これ？」

「ア・ダ・ル・ト・グッズ♪」

バイブ、ローター、ビーズなどなど、いわゆる『大人《おとな》の玩具《おもちゃ》』がそこにはあった。

たまに買う青年誌や友達が持ってくるアダルト本、猥談《わいだん》のなかにしか存在しなかったアダルトグッズだが、今、目の前にその本物がある。

「……ごくん……」

「んふふ〜〜♪　ちまき御用達のお店の、新製品なのだ〜〜♪　せっかくだから、まとめ買いしちゃったよぅ」

御用達、って、いつもこんなモノを買ってるのか？

と考えた瞬間、ふと気付く。もしかして、いや、もしかしなくても、ちまきはこういうアイテムを使って、自分自身を開発していたのだろう。

つまりちまきは、かなり立派な自慰愛好者、オナニーマニアということになる。

縁は、ちまきがこれらの道具を使っているさまを想像して、性欲が急速に沸《わ》き上がってくるのを感じていた。

「これ使って♪」

ちまきが差し出してきたものは、十数個のビーズが連なったモノだった。それはビーズを直腸に入れて、引き抜く時の排泄感を楽しむグッズ。

いわゆる、アナルビーズというやつである。

自称こそしていないけど、ちまきはかなりの変態さんである。勿論《もちろん》、彼女に欲情している縁も、立派な変態なのだろう。

ふと、明菜のいった『みんなもエッチな娘』という言葉がリフレインする。

今更ながら、エッチな状況に浸《つ》かっている自分に気付き、またもや苦笑してしまう。

「ゆかりん……？」

縁の苦笑の意味を計りかねたのだろう、不思議そうな顔をするちまきに、縁は優しく笑いかける。

「そうだね…………それじゃ、たっぷり入れてあげるよっ♪」

「うんうん♪…………んきゃっ♪」

ちまきをソファに押し倒した縁は、お尻を突き上げさせると、ポーチのなかを漁《あさ》り、ローションを取り出す。それをアナルビーズと、お尻の穴に塗りたくった。

「はぁ……はぁ…………ん♪」

期待と緊張で苦しげに喘ぐちまきのアナルに、ビーズの先端を押し付けると、ヒクヒクと蠢き、腰が震える。

プツッ！

「ひゃうっ！」

まずは一つ。

プツッ、プツッ、プツッ……。

「は……入って、くる……ちまきの、お腹に……うきゅっ！　ど……どんどん、奥に来るの……わかるぅ……っ！」

時折ローションを足しながら、ビーズをゆっくり一つずつ埋めていく。縁は、その神秘的ともいえる光景に、喉《のど》を鳴らしながら見入っていた。

縁のペニスより小さいものだからだろう、結構簡単に入っていく。そして、それを入れていると、欲情せずにはいられない。

ちまきの括約筋の微妙な抵抗感が指先に伝わるたびに、縁の肉棒が激しく反応してしまう。

「ゆかりん……何個入った、かな…………？」

「まだまだ……半分くらいだよ」

「ぜ、全部入れるの……？　いやぁ～ん、そんなに入るかなぁ……♪　はぅんっ♪　入るぅ、いっぱい入ってくるよぅ～～♪」

不安そうな言葉とは裏腹に、恍惚と陶酔しきっているちまきの表情はたまらなく淫靡《いんび》だった。

縁も楽しくなって、次から次へとビーズを埋める。時折、そのビーズを押し込むために挿入する指に、肛門のいやらしい感触が伝わってきた。

「はぁ、はぁ……苦し……ぃ。お腹、いっぱいだよぅ……っ！　早く、抜いて……今度は、抜いて気持ち良くしてぇ〜〜♪」

ビーズのほとんどを埋めてしまうと、その雰囲気を察したらしいちまきが、腰を振りながら淫らなお願いをしてくる。

「うん……、抜いてあげるよ♪」

プツンッ！

「ひあっっ⁉」

ビーズの一つが直腸から排出されると同時に、ちまきが激しく悶える。

「せっかくだから……ゆっくり、ゆっくりね……っ！」

プツンッ！

「ひぐっ！　すご……コレ、凄《すご》すぎ……っっ‼」

プツン、プツンッッ‼

「きゃっ！　ひゃう……っ！　すご、すごいのぉ……っっ‼　ちまき、イっちゃう……こんなの、イっちゃうよぉっ！」

ビーズが弾力のある肛門を一つくぐるたびに、ちまきは激しく身悶え、大量の愛液を溢れさせていた。アナルビーズは、入れるときよりも抜くときのほうが、より排泄を思い出させ、羞恥と快感を与えるものらしい。

「ゆかりん……イいの。気持ちいい……っ！　ちまき、これ好き……好きだよぅ～～っっっ‼　きゅううう～～っっ‼」

ちまきの身体に一瞬強い力がこもる。しかし、すぐに弛緩《しかん》して、軽い痙攣がちまきの全身を襲う。

「くす……もうイっちゃったの？」

「ふにゃぅ～～……目の前真っ白だよぉ～～……。ちまきぃ……すんごくしゃーわせぇ～～～♪」

「そっか♪　……でも、まだまだだよ？」

「ほえ……？」

呆《ほう》けたようなちまきの直腸には、まだ半分以上のビーズが埋まっている。

縁は、自分でも驚く程意地悪く笑い、またそれを引き抜き始めた。

ツプッ、ツプンッ！

「う……ぁ……ひゃは……、ちまひ……も、らめ……しんりゃうよ……ひあ……ふにゃうぅぅ……っ！　うぅ、うにゅっ！　ゆかり……ん、ゆぅ……っ！　らめぇ、また……イ……っっ!!」

もう何度目かもわからない絶頂がちまきを襲う。もともと変な口調なのに、息も絶え絶えで呂律《ろれつ》が回っていないと更に変になるのがおかしい。

ツプンッッ!!

「ンあっっ!!」

グジュッッ……ツプッッ!!　最後のビーズが抜け落ちる。それを合図に、ちまきの身体は弾けた。

「ひあぁあああああっっっっっ！！！！」


「今度こそ入れるよ……っく」

ちまきが落ちついたところを見澄まして、縁は辛抱堪《たま》らず猛り狂っているものを、ちまきのアヌスにあてがった。

「あ…………………っは。あ、あ、あ……っ！」

ビーズでの拡張のおかげだろう、今度はスムーズに、亀頭が侵入を果たす。しかし、カリ首まで入ったところで、その弾力に締め付けられる。

「くぅっっ!!」

郵　便　は　が　き

切手を
お貼り
ください

166-0011

東京都杉並区梅里2-40-19
ワールドビル202
株式会社 パラダイム

PARADIGM NOVELS

愛読者カード係

住所　〒 TEL　　(　　)	
フリガナ 氏名	性別　男・女 年齢　　歳
職業・学校名	お持ちのパソコン、ゲーム機など
お買いあげ書籍名	お買いあげ書店名
E-mailでの新刊案内をご希望される方は、アドレスをお書きください。	

PARADIGM NOVELS 愛読者カード

このたびは小社の単行本をご購読いただき、まことにありがとうございます。今後の出版物の参考にさせていただきますので下記の質問にお答えください。抽選で毎月10名の方に記念品をお送りいたします。

●内容についてのご意見

(　　　　　　　　　　　　　　　　　　　　　　　)

●カバーやイラストについてのご意見

(　　　　　　　　　　　　　　　　　　　　　　　)

●小説で読んでみたいゲームやテーマ

(　　　　　　　　　　　　　　　　　　　　　　　)

●原画集にしてほしいゲームやソフトハウス

(　　　　　　　　　　　　　　　　　　　　　　　)

●好きなジャンル（複数回答可）

□学園もの　□育成もの　□ロリータ　□猟奇・ホラー系

□鬼畜系　□純愛系　□ＳＭ　□ファンタジー

□その他（　　　　　　　　　　　　　　　　　）

●本書のパソコンゲームを知っていましたか？　また、実際にプレイしたことがありますか？

□プレイした　□知っているがプレイしていない　□知らない

●その他、ご意見やご感想がありましたら、自由にお書きください。

ご協力ありがとうございました。

「あふっ！　はっ、入るっ！　ゆかりんの、おっきいの……ちまきに入る……っっ⁉　はにゅうっ！　すごい、わかる……熱いの、入るっ！　ちまきのお尻、破れちゃう……………っっ‼」

ちまきの目が驚愕《きょうがく》に大きく見開かれる。やはりビーズと男根では太さも大きさも違うということだろう。しかし、居ても立ってもいられない縁は、無理矢理ペニスを押し込む。

膣に入るときとはまったく違った挿入感が、ペニス全体を通してわかる。

滑りが少なく、締め付けがきつい。元々外からの挿入用にできていないアヌスは、これまでに感じたことのない快感を持って、縁に応《こた》えた。

「あーーーーっっ‼　入った……入ったよ⁉　ゆかりんの、ちまきの中に入ったよぉぉ～～……っっ‼」

ビクン！っとちまきの小さな身体が大きく弾ける。

「ふわぁ～～……すごぉぉ……イ、た……のぉ♪」

「…………」

ちまきの言葉は不明瞭《ふめいりょう》で「イっちゃった」それとも「痛いの」のか判別不可能であったが、その答えは、とろけるような顔をしているちまきをみれば、一目瞭然だった。

カクカクと震える膝《ひざ》が崩れないように支え、縁は根本まで一気に突き入れる。

「ンっっっく！　は…………っっっ！！！　ゆかりん……長いぃ……ちょっと、苦し……

ぃ、ひゃわっっ‼　ちょ……待っ、て……すごすぎ……」

「ちまきちゃんだけ気持ちいいの、ずるいよね？」

「い、いぢわるぅぅうううっっ‼」

「ははは……っく」

ちまきの非難を笑い流す縁だが、実は動いてない。崩れ落ちそうになるちまきを、支え直してるだけだ。

それでも結合部であるちまきの体内では、縁のモノが動いているように感じられるんだろう。

そして、縁も自分から動き出した。

滑りが少ないせいで激しくはどうしても動けない。だから、ゆっくり、少しずつ。

「はぁ……ン。っく、は……ゆかり～ん♪　お腹の中……パンクしそうだよぉ～。はふ、ん……ぅン」

「ちまきちゃんのお腹……モゾモゾ動いて、気持ちいい」

派手さはないけど、直腸がまるで生きているかのようにゾワゾワと蠢く感覚だけでもかなり感じることが出来ていた。

「はぁ……っく。出たりぃ～、入ったりぃ～～♪　ちまきぃ～～………イっくぅぅ……っっ‼」

お尻の入り口がギュウッと閉まる。また痙攣し、ちまきの膝が崩れ落ちる。

それを支え、少し抜け出したペニスを、もう一度深く突き込んだ。

「や……はれぇっ？」

恍惚の極みにあったちまきが、不思議そうな驚きの表情をする。その理由に縁も気がついていた、なぜかさっきと比べて、格段に動かし易くなっているのだ。

「ちまきちゃん……お尻の中も濡れるんだ？」

「や、やんっ！　そんなことない……そんなことないもんっ！　ちまきは……はぅ、ひゃ、ン……っきゅう～～！」

口で何といおうが、確実に滑りが増えている。もっとも、それは縁にとっては好都合だった。膣のように激しくできないことには変わりが、動かせると動かせないでは快感に大きな隔たりがある。

「ほら……こんなに出し入れがスムーズになってる

よ？」

「ぬ、ヌルヌルしてる……お尻の穴、濡れてるの？」

「うん……きついままだけど、こんなに動くよ」

「ひゃあんっ！　すごい、こんなの……ぉ、ゆかりんとちまき……相性良いかも♪」

「かもね♪」

ただし、その滑りの良さは、すなわち快感に繋《つな》がる。

ネットリと絡みついてくる腸壁《ちょうへき》が、ギュウギュウと締め付けてくる肛門が、縁の快楽を一気に高める。

「ちまきちゃん……僕、もう駄目かも……っ！」

「やぁん……せっかく、せっか……っくぅ！」

縁の予告に、不満の声をあげるちまきだが、その身体はすでに絶頂の痙攣に襲われていた。

「もっと……もっとして？　ちまきのこと、もっと貫いてっ！」

「うん、うんっ！　もっと、もっとするよ……！」

かなり潤ってきた直腸内を、縁は一心不乱に抜き差し貫く。

「はぁ、はぁ、はぁ、はぁ……」

「ゆかりん、気持ちいい？　気持ちいいっ⁉」

「ごめん……だす……っっ!!」

抗いきれない絶頂感が、結合部から縁の全身に及ぶ。

ビクッ……ビクンッ、ビクンッ、ビクンッッッ！！！

「あっっ…………つううぅっっ〜〜〜〜っっ!!」

「ぐっっ〜〜〜〜っっ!!」

膣と違って、妊娠の可能性が一切ない直腸に、縁は大量の精液を吐き出した。

「あ〜〜……まだ、お尻になんか入ってるみたいぃ」

コトが済み、ソファでくつろぎながら、ふたりは快楽の残滓《ざんし》を求め合っていると、ちまきが不快感をぼやいた。

「だ、大丈夫？」

「あ！　そっかー。ゆかりんのせーえき入ってるんだ♪」

「……………………」

臆面《おくめん》もなくそういうことをいうのは止めませんか？　と縁はたじろいでしまったが、これがちまきの性格だし、どうしようもないか、と容認した。

「むふふふ♪　ひっさしぶりにイっちゃったし、ゆかりんのせーえき、体中で飲み込んじゃったし♪　ほんと、今日はいい日だよぅ〜〜♪」

上機嫌のちまきは、縁の胸のなかに顔を埋めた。

「ゆかりん、またシようね?」

ま、ちまきがいいなら、それでいいか、と縁は頷き、早く次の機会が訪れることを、都合のいいときだけ現れるマイ神様にお願いした。

第5章　も、もう、でちゃう！

「よいしょ……っと。これで、おしまい♪」

水色のバニーさんが、ひとりで大量の食器類を運んでいく。

「ひろみちゃん。そっちのお盆持つよ」

「え？　あ、はい……だ、大丈夫、ですから」

遠慮がちに照れ笑うひろみは、苦労を苦労とも思わないかのごとく働き続ける。

縁とて仮にも男なのだから、女の子ばかりに働かせるのは気が引ける。とはいえ、少し迷惑がってる風にまで見えてしまうことにも気が引けてしまう。

「こ、ここは大丈夫です、から……ゆかりさんは休んでてください」

「でも、悪いよ……」

「仕事なんですから、悪いなんてことは…………あ」

「ん？」

少し意地になって食い下がる縁の胸元に向けたひろみの視線が固定した。

つられて縁も目を向けると、とれたボタンがだらしなく垂れ下がっていた。

「あ……ははは。か、格好悪いね……」

「え？」

スタイル重視のこのお店で、これはあまりに情けないと縁は思ったのだが、ひろみはそんなことは露とも思っていなかったらしい。

「そんなことないです……きっと、一生懸命仕事していたから……そうだ！　少し待ってもらえますか？」

「待つ……って？」

「これを片付けたら、直しますから」

直してあげる、でもなく、直しても良いですか、でもなく。自分がやることが当然のようにひろみはいう。

「ありがとう」

「更衣室で待っててください♪」

そういったひろみは、大慌てで食器類を片付けに行ってしまった。

そこで縁が更衣室に入ると、待つほどもなく、ひろみがやってきた。

「お待たせしました」

「ううん……それじゃ、よろしくお願いします」

実はこの程度のボタンつけは縁にもできる。それでも、やってくれるという人の厚意を無にできるほど、縁は冷徹でも不人情でもない。

「あ。そのままで良いですよ♪」

「え？」

渡すためにシャツを脱ごうとした縁を押しとどめたひろみは、ロッカーからポーチを取り出し、細めの白い糸と短い針を取り出す。

「じっとしてて下さいね？」

「う……うん」

「らんらんらら～～♪」

緑の胸にそっと顔を近付けたひろみは鼻歌を歌いながら、シャツを引っ張るととれたボタンの糸を切り、素早く正確に留《とど》めていく。

「…………………」

「ん～～……っと♪　はい。終わりましたよ？」

最後に歯で糸を切ったひろみが、楽しげに完成を報告するまでの時間はおそらく三分にも満たない。

まさに、あっという間、という表現に相応《ふさわ》しい仕事ぶりを、緑はまざまざと見せつけられた。しかも完璧《かんぺき》な仕事である。

「凄《すご》いね……」

「え？　す、凄くなんかないですよ……これくらい」

「ううん……僕も針仕事くらいできるつもりでいたけど、ここまで早く丁寧な仕事はとてもとても……」

照れながら謙遜《けんそん》してみせるひろみをまえに、緑は感心する、というよりは、呆然《ぼうぜん》とする

といったほうが正しいだろう。

「裁縫が好きなだけですよ……母の手伝いとか、よくしてましたし」

「そっか……いいお嫁さんになれそうだね」

「え………」

……しまった！　なんて古めかしい言葉を。こんなの褒め言葉じゃないぞ。と口にしてしまってから縁は激しく後悔したが、狼狽《うろた》える縁を慰めるためか、それとも本心からなのか、ひろみは頬《ほお》を染め、嬉《うれ》しそうに微笑《ほほえ》んだ。

「はい♪　それがボクの夢ですから♪」

「ひろみちゃん……」

ひろみの温かい微笑みを見ていると、縁は自分が落ち着いたいい気分になるのを感じていた。


「今日も慌ただしい一日だったなぁ……」

ようやく掃除を終えた縁は、家が近所ということでいっしょに帰る約束をした沙恵の着替えが終わるまで、プラチナの裏口で待つことにした。

今日一日の出来事などをしみじみと振り返る。が、しみじみするようなものでもないと思い直す。

明日はアルバイトもないし、柔道もない。久しぶりに、水槽の掃除でもしてあげようかな。

などと考えながら縁が裏口まで行くと、そこには先客がひとり立っていた。

「あ……ゆかりさん」

「あれ、ひろみちゃん？　まだ帰ってなかったんだ？」

「は、はい……涼さんとちまきさんは、用事があるといって先に……」

あのペアに挟まれて帰るのは、穏やかなひろみにはちょっとキツいかもしれない。

それに沙恵の親友である以上、一緒に帰るのを待っていても不思議ではない。

「そっか……それじゃ、僕も一緒に帰っていいかな？」

「そ、そんな！　ボクの方こそ……お邪魔しちゃって……」

「邪魔だなんてことないよ」

「……………………」

押し黙ったひろみに、縁はそれ以上言葉を紡ぐことができなかった。

最近、幼馴染《おさなな じ》みの気安さから、縁はなにかと沙恵といっしょに行動することが多かった。

自然、ひろみから沙恵を取っちゃったような形になっていることに気付いたのだ。

遅まきながら縁は自分の無遠慮さ、配慮の足りなさを実感した。

ほどなく沙恵もやってきた。

「お待たせ……あれ？」

「沙恵ちゃん……あの」

「ひろみちゃんも一緒に帰ろうって。わざわざ待っててくれたんだよ？」

沙恵が、ひろみの存在に意外な顔をしたことで、ひろみは居たたまれない仕種《しぐさ》をしたため、縁はあわててフォローを入れてみる。それを沙恵は了解したようである。この辺は幼馴染みならではの阿吽《あうん》の呼吸だ。

「あはは。ごめんね、遅くなっちゃって……このお詫《わ》びは、ゆかちゃんがしてくれるから♪」

「……何故《なぜ》に僕？」

「男の子だから♪」

相変わらず沙恵は、理不尽なような、正論のような、訳のわからないことをキッパリといい切ってくれる。

「あ、あの……ボクは別に……」

「とりあえず一緒に帰ろうよ……ひろみちゃんも、僕達に遠慮なんかしなくて良いんだよ？」

「そうそう。ひろちゃんが気にするようなことないって」

「……待たせた人が偉そうにいうんじゃありません」

「なーにーよー！　ゆかちゃん偉そうー！」

「……くす♪」

頬を膨らませて不満をあらわとする沙恵、それに呆《あき》れたふりをする縁。そんなふたりを楽しそうに眺めてひろみが吹き出す。

「本当に仲が良いんですね？」

「……そう？」

「あはは♪　そうかなぁ～～っ♪」

そう笑いつつ、沙恵が縁の腕にしがみついてくる。

仲が良い、ということに間違いはないだろう。縁は苦笑を浮かべ、三人で帰ることになった。

「さっきからムッツリして……どうかしたの、ゆかちゃん？」

帰途、ひろみと楽しく会話をしていた沙恵が、不思議そうに縁の顔を伺ってきた。

「え……？　ぼ、僕、そんな顔してた？」

「してるよ。ゆかちゃんこそ、わたし達に遠慮してない？」

遠慮するだろう、普通は。

ただでさえ、女の子同士の話には入りにくいところがあるのに、しかも学校が違えば、おのずと話題も変わってくる。

ふと、縁は最近、クラスでも女の子より男の子と話すことのほうが多くなったことを思い出した。

「あ、あの……やっぱりボク……」

「ち、違うって！　ひろみちゃんが悪いんじゃなくて、ちょっと考え事をしてたものだから……つい」

ひろみは、すぐに自分を悪くいうクセがある。遠慮や礼儀は必要だけど、卑下しすぎても良いことは何もない。

「ゆかちゃんがしっかりしてないからだよ。もっと大きく構えてないと……ねぇ？」

明るく朗らかに縁をなじる沙恵がひろみに同意を求める。

「そんなこと……ゆかりさんは、沙恵ちゃんにお似合いのいい人だと思うよ。他の男の人も、みんなゆかりさんみたいな人だったら……ボクも怖くないんだろうけど……」

ひろみの声は尻下がりに小さくなっていく。

「ひろちゃん…………」

沙恵はどう言葉をかけたものか困ったといった表情をしたあと、ウーンと唸《うな》って頭を捻《ひね》りはじめた。

何を考えているのやら、と縁とひろみが見ていると、やおらビシッと指を立てて確認してきた。

「ひろちゃん……ゆかちゃんのこと、好き？」

「えっっ⁉　な、何いうてはるのっ！　ボク、そないな……っっ‼」

「少なくとも嫌いじゃないよね？　嬉しそうにボタンつけてあげてたし……♪」

「わあっ！　そ、そのことわぁああ〜〜‼」

動揺しまくるひろみをまえに、ニヤけている沙恵は、今度は縁に話を振ってくる。

「さっき待たせたお詫びもあるし……今日、これから暇だよね？」

「う、うん……問題ないけど？」

もう、夜遅いんですけど？　とはいわず、疑惑の視線で沙恵を促す。

「それじゃ、今日だけゆかちゃんを貸し出すってことで、どうかな？」

「貸す……？　ボクに？」

ひろみは呆然とする。

「それと、わたしも一緒に♪」

「…………………」

「…………………」

縁とひろみは唖然《あぜん》として、沙恵の顔を見る。

それは、三人で何かをするということなのでしょうか？　と縁は視線で問うが、こういう時に限って、沙恵は無視する。

しかたなく縁は、黙然と頷《うなず》いた。

こんなときの沙恵に逆らうことの無意味さを、幼いころからの経験で知っている。

「……あの？」

ひろみは不安と疑問、そして少しの期待感に満ちた目を、縁に向ける。

縁は、半ばやけで、明るく答えた。

「それで、ひろみちゃんの気が収まるなら、僕はかまわないよ？」

「え……♪」

パァと明るくなったひろみの顔に、縁はようやく安堵《あんど》を感じる。これから先に起こるだろうことへの不安は忘れて。

「それじゃ、決まりだねっ♪　みんなでゆかちゃんチにレッツゴーっ♪」

「うんっ♪」

「はは、ははは……はぁ」

仲良く手をつないで小走りに進む二人の少女を、縁は溜息《ためいき》とともに追いかけた。


クチュ、チュパ……チュルン。

部屋に入るなり、沙恵はひろみに襲いかかり唇を奪っていた。

「んはぁ……はぁ、はぁ……ンあっ！」

「んふっ♪　ひろちゃん……感度良いんだぁ～～♪」

ひろみは戸惑いがちに、沙恵は積極的に、唇を重ね、舌を絡め、唾液《だえき》交換し合っていた。

「さ、沙恵ちゃ……んぅ。ちゅ、くちゅる……ちゅぱ」

「はぁう……ン。ちゅう～、ちゅるっ。ぺろんっ♪」

ディープなキスをしながら沙恵は、ゆっくりとひろみの服を脱がしていく。

さすがに同じ制服だけあって、脱がし方は心得ているらしい。

けど……僕が貸し与えられるんじゃなかったのかなぁ？　所在なげにしている縁だが、
二人の同性愛の現場を見せつけられ、性欲は否応なく高まっていく。

「ぷはっ♪　ひろちゃん……美味《おい》しい♪」

「沙恵ちゃんこそ……キス、上手《うま》い……」

長いキスを堪能した沙恵の声に、ひろみはうっとりと応《こた》えた。

「ひろちゃんとは一年のときからだけど、キスするのって初めてだね？」

「こんなに気持ちいいなら……もっと早くしておけば良かった？」

「うんっ♪」

ひろみの問いに、沙恵は元気よく肯定する。さすがは親友、ひろみは沙恵の性格を把握している。そして、ふたりは再び接吻《せっぷん》を始めた。

傍目《はため》から見てもわかるほど、二人の身体《からだ》はビクビクと反応している。

ひろみもノってきているらしい。服を脱がされながらも、沙恵の服に手をかけていく。

スルスルと脱がされていく二人の制服に、縁の欲望は高まるばかりである。まるでアダルトビデオのようなこの展開に、縁はまた一つアブノーマルな世界に堕《お》ちていく自分を感じていた。

「沙恵ちゃん……僕は、一体何をすれば？」

「あんっ！　せっかちなんだから～～♪　お楽しみは、これから、だよっ♪」

まるで明菜のようにあしらいながら、沙恵が微笑む。その瞳《ひとみ》には、まごうことなく妖艶《ようえん》な光が灯《とも》っていた。

しばらくじゃれ合いながら、徐々に服を脱いでいく二人は、制服を脱ぎ、下着を取り終えた。室内灯の明かりの下、二人の美少女が縁の前に裸身を晒《さら》す。

「ふふふ♪　ゆかちゃん、どぉ？」

「は、はぁうぅうう～～……」

縁に見せ付けるように身をくねらせる沙恵と、モジモジと恥じ入り秘部を隠すひろみ。

対照的な美少女二人に、縁の性欲は爆発寸前まで高まっていた。

「あ、あの……は、恥ずかしい、ですから……あんま、みんといてください」

「駄目だよ……もっとゆかちゃんにみてもらわないと。ほら、このおっぱい……おっきくって、柔らかくって……♪」

ひろみの巨乳を、沙恵は背後から鷲掴《わしづか》みにする。まるでムニィと音が聞こえるかのようなそのたわみに、縁はむしゃぶりつきたくなる欲求が沸《わ》き上がる。

「それに、ほらココ♪」

「ひゃっ？　さっ、沙恵ちゃ……ンぅっ！」

グイと脚を押し開き、ひろみの股間《こかん》に手を回す沙恵。クチュと淫《みだ》らな水音が、室内に低く響き渡る。

「ひろちゃんったら、キスしただけでこんなに濡れちゃうんだよ？　もしかしてぇ、ひろちゃんもみられて感じちゃうほうなのかなぁ～～？」

「そ、そんなことないですぅ～～！」

焦っていい訳するひろみの鬱蒼《うっそう》と茂った陰毛の下、豊かに水をたたえた泉がある。その深い泉からは、止めどなく愛液が溢《あふ》れ出し、白い太股《ふともも》へと流れ出していた。

「……ゴクン」

縁は思わず生唾《なまつば》を飲んでしまった。

「ゆかちゃん……女の子って、凄いんだね？　自分で自分のなんて気にしないから知らなかったけど、こんなにいやらしいものなんだぁ～～♪」

「さ、沙恵ちゃんだって、濡れてたやないの……っ！　沙恵ちゃんこそ、みられて感じてまうクセに……ひゃっ！」

沙恵の指がひろみの秘部で軽やかに動いたことで、ひろみの抗議は中断、代わりにまた水音が響き出す。

「なーにーよー！　ひろちゃんったらぁ♪」

「あン……沙恵ちゃんっ、ん、そこぉ……っ！」

女の弱点は女が把握しているとはよくいわれるところである。ひろみの背後を取った沙恵は、まさに弱点を的確に責める。

片手でおっぱいをモミモミと揉《も》みしだきながら、もう一方で股間をまさぐり、耳元で囁《ささや》く。

「そこってどこのこと？　このおっきなおっぱい？　それともこのヌレヌレのおまんこのこと？　もしかして、このクリちゃんかしら？　ほら、ひろちゃん、どこをどうして欲しいのか白状しなさい」

「ひぃーん、沙恵ちゃんの意地悪……」

営々と続く女の子達のじゃれ合いに、縁のほうは我慢の限界を超えていた。

そのためにむしろ妙に冷静になった縁が、冷ややかに女の子達を見下ろす。

「沙恵ちゃん……今日はひろみちゃんに僕を貸し出すんでしょう？　それなら、ちゃんと僕のいうこと聞いてもらわないと……ねぇ、ひろみちゃん？」

「は、はいぃ……」

「ちぇー……」

ひろみは恥じらいつつ、沙恵は不満そうではあったが、いいなりになる二人に満足した縁は立ち上がって服を脱ぐ。そそり立った男根が二人の前に晒され、彼女たちの息を呑《の》む空気にまた満足する。

「沙恵ちゃん……ひろみちゃんをベッドに」

「はぁい♪」

「え？　え？」

沙恵はひろみの肩を押し、ベッドへと押し倒す。仰向けに寝転がったひろみに、上から沙恵が覆《おお》い被《かぶ》さる。

「ひろちゃんの悶《もだ》える姿……全部みてあげるよ♪」

「そ、そんな……恥ずかしいですぅ～～……」

裸でじゃれ合っておいて、今更恥ずかしいも何もあったものではない。縁は有無をいわさずひろみにのしかかり、グイと脚を開いた。

「やっ⁉　ゆ、ゆかりさぁん……っ！」

「わあ♪　ゆかちゃん、大胆っ♪」

パックリと開いたひろみの泉をしげしげと眺め、沙恵が舌なめずりする。

怒張した男根を、今や遅しと待ちわびているその泉に、縁は躊躇《ためら》うことなく送り込む。

「はぁ、っふ……っっ‼」

はじめての挿入感覚に、ひろみは仰け反る。

「わ……すご♪　入っちゃうんだ……こんな風に」

陰唇を広げ、潤った泉の奥へと侵入する男根を見て、沙恵が感心したような声をあげる。

片やひろみにはそんな余裕はないらしく、ただただ胎内に埋め込まれていく異物感に耐えているように見える。

「ゆかりさん……沙恵ちゃん……ボク、ボクぅ～～っっ‼」

「ひろちゃん……可愛《かわい》い♪」

ホゥと感嘆の溜息を吐《つ》く沙恵に、縁は「君だって、これくらい可愛いんだよ」と内心で語りかけながら少しずつ奥に入っていく。

「ひぃあっ！　お、奥まで……入ってぇ……っっ‼　ゆかりさんの、ボクのナカに入っちゃったよぉぉおお」

柔らかいながらも、全体を均一に包み込むひろみの膣《ちつ》は、激しい快楽をもたらす沙恵のモノと違って、安心感があるような気がする。

その優しくゾワゾワと蠢《うごめ》く膣壁《ちつへき》が、安堵とともに快楽を運ぶ。

「処女膜開通、おめでとう、ひろちゃん♪」

破瓜の血が白いシーツに付着するのを見て、沙恵が祝福する。

「あぅ、うん……ボク、ゆかりさんで良かったよ♪」

苦しげに応じるひろみを見ながら、縁は今更ながら、ひろみが処女であったことに思い至り、こんな形でしてよかったのか、と後悔したが、もう遅い。

こうなったら、ひろみを悦《よろこ》ばせてあげることが大切だろう。

「きゃ……ふっ？　ゆ、ゆかり、さん……っっ⁉」

激しいピストン運動ではなく、ゆっくりとしたグラインド運動でひろみの膣をほじくる。

激しい出し入れよりはこちらのほうがマシかと思ったからだ。

「ぅ……うあ……っ！　ゆかりさんのボクのナカで暴れ……っ！　ゴリゴリ擦れて……変な気分に、な……ってぇ……」

「くす♪　ひろちゃんったら、感じちゃってるんだぁ♪」

沙恵が揶揄《やゆ》するが、どうやらその通りらしい。まだ痛みは残っているかも知れないけど、フルフルと震える身体が、ワナワナと喘《あえ》ぐ唇が、ひろみの快感を如実に表していた。

「こんなにしっかり、ゆかちゃん咥え込んで……おっぱいの先っぽ、ビンビンに立てて♪ちょ～っと憎たらしいかもっ♪」

「きゃふっ！　ご、ごめん、ごめん、沙恵ちゃん……っ！」

キュっと乳首を摘《つま》む沙恵に、ひろみは激しく反応する。そのため激しく蠕動《ぜんどう》する膣壁に縁が翻弄《ほんろう》される。

「はぁ、はぁ……きつい、よ……ひろみちゃん……」

「ごめんなさい、ごめんなさい……ごめ……ンっっ‼　あ……あかん。ボク、これ以上されたら……ボクぅっ！」

「僕も、もう少し……っ！」

「あはっ♪　もうイっちゃう？」

切迫しだしたひろみの巨乳を沙恵は揉みほぐし、縁の腰の動きの制御も徐々になくなり、バチンバチンと恥骨がぶつかりあう音が響く。

「ちが……違う。ボク、イくと……イってまうと……っ！」

「イくと……なに？」

愛撫《あいぶ》の手は休めずに、沙恵が促す。

「や、やぁ……恥ずかしくていえん……イかさないで……っ！」

「ゆかちゃ～ん？　もっと激しくしちゃってぇ？」

冷たくひろみを見下ろした沙恵が、縁に女王様風に命令を下す。

「底意地悪いね……沙恵ちゃんって」

といいつつも、縁も性欲をグッと堪えながら、腰を振り、突き込んだままナカをかき混ぜる。

「だめ……駄目やって！　ボク、イってまうと……っ！」

「このセックス以上に恥ずかしいことなんてないよ♪」

沙恵はかまわず、痼《しこ》り勃《た》っている乳首を激しくこね回す。

「でも、でも……っ！　沙恵ちゃん、ゆかりさん……怒る。きっとボクのこと、嫌いになってまう……ぅ」

「……………」

ついにひろみは、ポロポロと涙をこぼし始めた。

これには驚いた縁と沙恵がおのおの慰める。

「大丈夫だよ……僕達が、ひろみちゃんを嫌いになることなんてあるはずがない」

「そうだよ……わたし達、身体を許し合った仲じゃない。それに、ひろみちゃんの秘密教えてくれたら……わたしのエッチなところもみせてあげるから♪」

チュ……と安心させるように優しくひろみに唇を重ねた沙恵だが、巨乳を揉み込み、乳首をいたぶるのは止めない。

「はぁ、はぁ、……ボク、イくと……イってまうと……っ！　お………おしっこ、漏れちゃう………っっ!!」

プシャッ！

秘密を吐露するとほぼ同時にひろみの股間から液体が噴出した。これがひろみの絶頂の表れであった。

「きゃ？」

沙恵もさすがに驚いた顔をする。

「くうっっ!!」

縁は、キュウゥッと締まった膣壁に絶頂感を抑えきれず、慌てて引き抜いた。

「やっ！　やあああ～～～～っっっ！！！」

ひろみの絶望の声が響くなか、お小水はひたすら勢いが良かった。

ビュクッ、ビュクッ……バシャバシャバシャ！

プシャァァァアアアア……ジョボジョボジョボ！

ジョボジョボジョボ。

「で……でて……止まらな……いの……あ」

「………ごくん」

ひろみの痴態を、沙恵は息を呑んで見守る。

「だめ……みんといて……ボク、死んじゃう……」

ひろみのおしっこは縁の太股を濡らし、そのまま床へと飛び散っていく。温かなその液体がかかる感覚を、縁は絶頂感とともに心地よく感じてしまっていた。

ぐったりと、魂が抜けてしまったかのようなひろみを眺めやる。お腹には縁の噴き出した白い粘液が飛び散り、股間からは淫水《いんすい》の残滓《ざんし》が痙攣《けいれん》するたびに飛び出ている。

「ぼ…………ク……のこと怒る？」

「……怒らないよ♪」

恐る恐る訊いてくるひろみに、沙恵が優しくキスをした。

「ほ……ンと？」

「これくらい可愛いことだもん♪　というか……ひろみちゃんの絶頂の艶姿《あですがた》みられることに比べたらこれくらいっ♪」

沙恵のいい方には、少々疑問を感じるが、基本的には縁も同意見だった。布団は乾かせばいいし、床は拭《ふ》けばいい。

先程のひろみの可愛さを思い出せば、確かにこれくらいなんともない。

「ぅ……うっく……ごめんなさい」

しかし、当人にしてみればそれでは済まされないのだろう。ひろみは泣きべそをかいて必死になって謝罪する。

「汚してまったのに……ボクだけ、こないな……」

「泣かなくても良いの♪　ひろちゃんの秘密、教えてくれて嬉しかったよ♪」

「沙恵ちゃぁん……好き……好きや♪」

「わたしも、ひろちゃんのこと大好きだよ♪」

ひろみと沙恵は、友情を確かめ合ってヒシと抱き合っている。

あまり臭《にお》いはしない。これなら、さほど問題ではないだろう。

ひろみの懇願するような視線に、縁は微笑んで頷いた。

「でも、次に三人でするときは、お風呂《ふろ》の方がいいかもね？」

ひろみが落ちついたところで、床を拭き、濡れた布団を端へと追いやった後、三人はまだ素裸でじゃれ合っていると、沙恵が提案してきた。

「そのほうがひろみちゃんも遠慮せずだせる……か」

「はぁう……ごめん」

しょぼんと落ち込む可愛らしいひろみを横目に、沙恵がこれからも3Pを楽しむ気でいることが知れた。

縁はベッドの上、柔らかい女の子二人に囲まれた至福の時間を楽しんでいる。

ちょっと前には、こんな時間が来るなんて考えてもいなかった、と感慨に耽《ふけ》っている縁の、射精したばかりの敏感な陰茎が、クイクイと摘まれる。その相手は、誰《だれ》であろうニヤニヤ顔の沙恵だった。

「何……？」

「何、じゃなくて……そろそろ復活できるでしょ？」

いわれるまでもなく、ちょっと触られただけで海綿体に血液が流れ込む。

「今度は……わたしの番、だよ♪」

「…………………」

淫らに迫ってくる沙恵から目を逸《そ》らした縁は、ひろみに助けを求めるが、そこには、ワクワクと目を輝かせて行為を待つ、ひろみの姿があった。

二人の美少女に囲まれ、しかもセックスを待ち侘《わ》びられている。これは男冥利《おとこみょうり》に尽きる状況であろう。

「まさか……ひろちゃんにだけして、わたしとしないなんてことは……」

「そ、そんなことある訳ないじゃないかっ！」

「よろしいっ♪」

結局、沙恵には勝てない縁である。


「はぁ……っっン！　あは♪　入ったぁ……っ！」

ベッドの端に腰かけた縁は、後ろから抱えるように沙恵を貫いた。

「ふぅ……っく」

縁は嘆息した。

入った途端、ギュウッと締め付けてくる沙恵の膣は、やはりひろみのものとはまったく違う。それは、どちらが良いとか悪いとかの問題ではなく、世界三大美食を比べるようなもので、どちらも最高だから後は好みの差、というだけのものだ。

縁はさらに脚を広げ、股間を前へと突き出した。

そこには、待ちかまえていたひろみがいる。男女の結合部をジッと見つめ、舌なめずりをするひろみも、かなり壊れているように見えた。

「はわわ………ごくん」

親友のスペクタクルにひろみは息を呑んだ。

「沙恵ちゃん……凄い……こんなに広がって、ゆかりさんが、飲み込まれて……」

「あは……♪　みて……ひろちゃん。わたしのエッチな穴に、ゆかちゃん入ってるトコ……もっとみてぇ！」

「沙恵ちゃんの穴、どないしてこんな広がるんやろ？　ゆかりさんのおっきいの……しっかり咥え込んどるわ」

ひろみに説明されるたびに、沙恵の身体が快楽に震える。露出狂の真骨頂ともいえるその姿に、縁は苦笑を隠しきれなかった。

「ひろちゃん、もっとみて……もっといってっ！　わたしの恥ずかしいトコ、いっぱいみて欲しいのっ♪」

「ゆかりさんの、出たり、入ったりするたび……ヒダヒダが絡んでく。沙恵ちゃんは、みられて悦ぶ変態さんやなぁ～～♪」

興が乗ってきたひろみも、容赦なく言葉責めを繰り返す。それを受けて激しくなる沙恵の痙攣に、縁のほうが耐えきれない。

「ひ、ひろみちゃん……もっとお手柔らかに……っく」

「ゆかりさんのも血管浮いて……可愛いですわ♪　こんなんが、ボクのナカで暴れ回ったんですねぇ？」

「あ、あ、あはっ！　恥ずかしいよ……ひろちゃぁんっ！」

ひろみの卑猥《ひわい》な言葉責めに、沙恵は嬉しい悲鳴をあげる。

「ボクの恥ずかしいトコみておいて、自分だけみせんっつーワケにはいかんやろ？　ほら……もっと突き刺されて悶えてみや？」

「くわっ！」

沙恵の膣の蠕動に縁が悶えることになる。

さすがは親友、二人とも良いコンビである。

さっきとはまるで変わった立場に、縁だけが取り残される。

「あ……もう駄目……わたし……イくかも」

「そか？　ほなら、イく時、おしっこだしてな？」

ひろみがニヤニヤと卑猥に笑って促す。

「そ、そんなこと、できな……いっ♪」

悶え苦しむ沙恵の声に、非難の色は一切ない。それどころか、その強要がまた沙恵を感じさせている。

「ほら、ほらっ！　オマメさんこない膨らませて、何いうてんの？　だしちゃえば……楽になれるで♪　ゆかりさんも、な？」

「ひ、ひろちゃん……っっ!!」

沙恵が激しく弾《はじ》ける。しかし、縁は、まだ絶頂を迎えない。

「ゆ、ゆかちゃん……だして、だしてよ……これ以上感じたら……ホントにでちゃうよぉ～～！」

沙恵の制止も聞かず、縁はただひたすらに腰を動かす。まだまだ感じていたい欲求、ひろみに見せつけたい劣情、沙恵の放尿が見たい好奇心。

「ばか、だめ……これ以上されたら、わたし……でちゃうっ！」

ひろみに感化されたのか、沙恵は本気で放尿しそうだ。そうなれば、ひろみの卑下も少しは収まるかもしれない。そんな自己正当化をなした縁は、容赦なく突き上げた。

「今日、ゆかりさんはボクのモノだから……ボクのいうことの方が優先なんですよね？」

「だめだめ……もう、日付が変わってるもんっ！　だから、ゆかちゃん……もう、わたしの……っっ!!　だめっっ!!　でちゃうぅぅうっっ!!」

「みてたるわ……沙恵ちゃんのおしっこ♪」

プシャ！

「ひっ、ひゃはぁぁあぅ…………っっっ！！！」

沙恵が絶望の声とともに、放尿を開始したとき、縁もまた限界に達していた。

「ごめんっ！　でるよっっ‼」

切迫した縁は、沙恵の腰を突き上げ、男根を引き抜く。それと同時に発射された精液が、白いお尻に降りかかった。

「ひゃふ…………っっ‼　う、うぅっ！　でるぅううぅっっっ！！！」

沙恵の放尿も、ひろみに負けず劣らずなかなかの勢いである。

ショォォォォオオオオォッッ‼

ジョボジョボジョボ！

「でる……でて、る……の？　わたし……、は……あ…………おしっこ……でて……っ！」

「はぅ♪　キレイやわ……っ♪」

ジョジョジョジョジョ。

脱力した沙恵の股間から噴き出るおしっこを、躊躇いもなくその身に浴びるひろみ。その光景はあまりに淫靡で、あまりにアブノーマルなものだった。

「というか……僕の部屋はトイレではないんだけど？」

縁の呟《つぶや》きに、アブノーマルな世界に飛んでいた美少女ふたりは現実に立ちかえった。

「ごめんなさい！　ごめんなさい！　ごめんなさいっっ!!」

「あは、あはは♪　いつの間にこういうことになったのかな？」

「ごめんなさい！　ごめんなさい！　ごめんなさいっっ!!」

「あはははは……♪」

平身低頭して詫びるひろみと、乾いた笑みで冷や汗を浮かべる沙恵。もっとも、縁とて責任の一端を背負っている以上、それほど怒っている訳ではない。

「ごめんなさい！　ごめんなさい！　ごめんなさいっっ!!」

「あはははは……♪」

「……怒ってないからさ♪　それより、お風呂に入らないと、身体臭うよ？」

縁の指摘に、ひろみと沙恵ははじめて思い至ったらしく、表情が一変する。

「はわっ！」

「う……！」

ひろみと沙恵は、引きつった顔を見合わせたが、ついで幸せそうに笑い合った。

ふたりの友情とわだかまりは完全に修復されたようである。それが、縁のなによりの収穫だったといえるだろう。

そして、こののち風呂場でも、縁が美少女ふたりにさんざんに搾り取られたことは語るまでもないだろう。

第6章　エッチなバニーさん、大好き！

「みんなのバニー姿にも、だいぶ慣れてきたし♪」

縁は順風満帆のアルバイト人生を送っていた。

昔はどうだったか知らないが、今は単なる高級レストラン。

ウエートレスの娘《こ》達がお客に付いてお酌をするわけでも、お触りOKな店というわけでもない。その辺は明菜ががっちりガードしている。

さすがに常連ばかりのお店なので、男の縁がウエーターとして入って来たことに驚く人は多かったが、比較的すんなり受け入れられたのは、やっぱり女顔のせいだろう。

「それ……ちょっと悲しい……」

悲しい現状認識にたそがれる縁だが、一般的に見て、かなり男冥利《おとこみょうり》に尽きる状況にいることは間違いない。こういうのを棚からぼた餅《もち》というのか、上げ膳据《す》え膳、据え膳食わぬは何とやらというのか。

「な、何を考えてるんだ……僕は。はぁ……………」

節操のなさに、さすがにちょっとだけ自分を恥じ、縁は長い溜息《ためいき》をついた。

「さて、と……仕事仕事……っと」

声をだしていうことで、気合いを入れなおした縁は、学生服を脱ぎ、仕事着に着替える。

ビシッとしたフォーマル、ネクタイを締め、ベルトもきつく絞る。

あてがわれたロッカーに私物をしまう。ちょうどその時、更衣室のドアが開く音がした。

「失礼しま…………あ」

「やぁ、おはよう。ひろみちゃん♪」

硬直してしまったひろみに、縁は挨拶《あいさつ》する。

「あ、わ、はわわ……っ！　す、すみません！」

「あぁ、もう大丈夫だよ」

慌てて出ていこうとするひろみに声をかけ、縁は努めて明るい表情を作る。下手に緊張しても、たぶんひろみを困らせるだけである。

「すみません……ノックもしないで」

「ははは……大丈夫だって。今更裸みられたところで…………あ」

「はぁうぅ〜〜……」

ひろみが羞恥《しゅうち》に俯《うつむ》いてしまう。

縁自身も、余計なことまでいってしまったと、失言を後悔したが、その拍子に手元が少し狂って、ロッカーから何か大量の物が崩れ落ちてきた。病院でもらう薬のパックのような、連結した小袋。

ドサドサドサ！

「はうっっ⁉」

ひろみは驚いて息を呑《の》む。

縁が、小袋が崩れ落ちたあとのロッカーのなかに目をやると一枚の張り紙。

『一生懸命使ってね♪♪　……明菜』

何枚あるのか数える気にもならないが、これはセックスの時に男が使用する避妊具の山であった。

「あ……いや……これはぁ………」

とっさにどう説明していいか困る縁のまえで、ひろみはさらに混乱していた。

「え、えとえとえと……きょ、今日は誰《だれ》とされるんですかっっ!?」

「…………はい？」

「はわあっっっ！！！」

ひろみは、自分のいったことの凄《すさ》まじさに思い当たり、飛び上がって仰け反る。

「お、落ち着いてよひろみちゃん……別に捕って食べたりしないからさ」

「は、はぃ〜〜……」

荒い呼吸を繰り返しつつも、ひろみはなんとか自分を取り戻す。しかし、その顔は耳どころか首まで真っ赤に染まっていた。

「落ち着いた？」

「は、はい……すんません、変なこというてしもうて……」

「それなんだけど……今日は、って、もしかして……？」

みんなとエッチなことをしてしまったのがバレているのか、と縁は、ひろみの顔色を伺うと、隠し事のできない彼女の表情がすべてを物語っていた。

「ぼ、ボクは……気にしませんから……そ、そのぉ……ゆかりさんが誰とどこでどんなエッチをしても……」

……やっぱり。縁は暗澹《あんたん》と溜息をつく。

「でっ、ですから！　ゆかりさんも気にせず、好きなだけしちゃってくださいっ！」

「うわーーーこらこらこらっ！　女の子がはしたないことというものじゃありませんーーっっ!!」

またもや大混乱し始めるひろみを押さえ付け、なんとか落ち着かせる。

「あ………あの、ゆかりさん……」

ひろみが、照れながら縁の手を見る。

肩に置いた手。別に、胸を触っている訳ではない。

「ぼ……ボクだったら、いつでも……♪」

「え…………？」

恥ずかしそうに俯きながら、大胆なことをいうひろみに、縁は思わず胸を高鳴らせてしまう。

前言撤回、食べちゃいたい。

「じゃ、今からする。仕事の始業時間にはまだあるし、みんなまだこないと思うよ」

「はぅ～」

これがひろみの了解の合図であることを縁は理解していた。

「ん……♪」

少し厚めの唇が、たっぷりとした質感で縁の唇に絡む。

「はむ……んぅ。ちゅ……ちゅるる♪　ふは、ん……ゆかりさぁん♪　ん♪　んぅ……はむ。ふわ……っ！　あン。ゆかりさん……おっぱい……♪」

体勢を変え、少し押し倒すように乳房を揉《も》む。プラチナのバニースーツは柔らかく、上から揉んでも、ひろみの柔らかさは損なわれてはいなかった。

「くすくす……本当に大きいよね？」

「そ、そんなことないです……大きくても、邪魔なだけで……」

「認めてるじゃないか♪」

「や、やだもう……ゆかりさんの意地悪……っ！」

口付けながら胸を覆うスーツをずらし、生の乳房を揉みしだく。大きく、張りのあるそれは、いくら揉んでも形が崩れることはなかった。

「はぁう……ゆかりさんの手……柔らかいから好き♪」

「僕も、ひろみちゃんのおっぱい、好きだよ♪」

「ほんとですか？　嬉《うれ》しい……♪　それなら、ゆかりさんの好きなだけ……触って、はうっ！」

いわれるまでもなく、しこり始めた尖端《せんたん》を摘《つま》む。大きな乳房に似合ったそれは、驚くほどに大きく勃起《ぼっき》する。

「はぁ、はぁ……あ、ン。でも、でもボク……」

「……何？」

「……おっぱいだけじゃ……切ないです……」

「くす♪」

長椅子《ながいす》に押し倒し、上から覆《おお》い被《かぶ》さるような体勢をとる。股間《こかん》のスーツをずらし、ストッキングを指で切り裂く。

「あ……で、でもここじゃあ……っ！」

「ここじゃ……何？」

「い、いじわるです……っっ‼」

おもらし癖を考慮に入れないはずはない。それでも縁は、まずはこのたっぷりと潤った女性器を味わいたいと思っていた。

ひろみの抵抗もさほどではなく、縁がスキンを付けている間も、開脚したその体勢を崩すことはなかった。

「それじゃ……入れるよ」

「はぁう〜〜……っ！」

ぱっくりと開いた陰唇の汁が溢《あふ》れ出すその穴に、縁はゆっくりと肉棒を沈めていった。

「はわわ……んっ！　入る……入っちゃうっ！」

「うん……そうだね♪」

「ゆっくり……そんなゆっくり入れられると……ボク、感じちゃいます。ここじゃ、おもらしできないのに……すぐに、おしっこ……でちゃいそ……っ！」

ビクンビクンとひろみの身体《からだ》が弾《はじ》ける。そのたびに引き絞られる膣口《ちつこう》が、縁の性欲を高めていく。

「ここでおもらししたら……明菜さんに怒られると思うよ？」

「だから、そういって……る、のにっ！　はうっ、く！　これじゃ……拷問ですぅう〜〜っ！」

自分の言葉に卑猥なものを感じ取って、ひろみの胎内が激しくそれに反応する。その締め付けを楽しみながら、縁はゆっくりと抽送を始めていた。

「はぁ……っく。ふわあああ……あはっ！　いやです……イけないなんて、拷問ですよぅ……っ！」

「ひろみちゃんって、困った顔が可愛《かわい》いんだよね……♪」

初めて会ったときから、ひろみは困り顔ばかりで、いつしかそれが地になってしまっている節まである。

「うぅう～～！　ひどいです……うっく、うンっ♪」

「くっ！」

のんびりとした抽送は、ひろみの膣壁《ちつへき》の蠢《うごめ》きをダイレクトに感じられ過ぎて、実は縁のほうも辛《つら》い。だからといって、ここで激しく突いてしまっては本末転倒。

唇を噛《か》み締めながら、縁はひろみから与えられる素晴らしい快感に堪えた。

「あぁ……お願い、お願いですから……いじめないで？　ゆかりさんを、もっと素直に感じさせて……っ！」

あまりに淫《みだ》らなおねだりに、キュンと縁の胸の奥が熱くなる。

素直で、優しくて、可愛い娘だからこそ、いじめたくなるというのが本音である。

「そっか……それじゃ……」

「あ……♪」

結合を解き、安堵《あんど》するひろみを立ち上がらせる。代わりに縁が長椅子へと腰を下ろし、ひろみを前に立たせせた。

「あの、あの♪　外ですか？　それともトイレで……♪」

このまま止めるという概念は、ひろみの頭の中にはないらしい。もっとも、縁にもそんなものはない。

「はい……これ持って？」

「ワイングラス……ですか？」

たまたま近くにあったワイングラスを持たせ、縁に背を向けさせる。そのままお尻を取り、ゆっくりと腰を落とさせた。

「え………っっ!?　はふっっ!?」

なにが行われようとしているのか予測できず恐怖しているひろみを、縁は後ろから抱えるように串刺《くしざ》しにする。重力に沿ったその挿入は、ひろみの胎内を一気に刺し貫いた。

「あは……あっ！　や！　ゆかりさぁんっっ!!」

何度か出し入れして、縁は動かしやすい位置を掴《つか》む。

「ゆかりさん……これじゃ、何も変わっとらんやないですかぁ」

「そうかなぁ？」

「そうですよ……こんな、コップ一つ………」

「くすくすくす♪」

ようやく縁の意図を察したのだろう、ひろみは肩越しにわかるほど驚愕《きょうがく》している。緊張のあまり膣がキュウと締まる。

「ま、まさか……これにっっ!?」

「そ♪　だしたくなったら、そこにして？」

「そ、そそそないなことできませんよぉ～～っ！」

ひろみの抗議への返事とばかりに、縁は腰を大きく突き上げる。

「はうぅ～～っ！　や、やぁっ！　こんなの、恥ずかしっ！」

背面からの座位は、顔が見えないことをいいことに、ひろみの必死の形相の抗議を聞き流し、身体に触りやすいことを利用して、脚を取り、胸を揉む。さらにひろみの手をとって、結合した陰部の少し上へとそっと導く。

「だめ、駄目です……止めてください、ゆかりさぁん……」

「ん～～……止めてもいいけど、終わりにしちゃうよ？」

「はうっ！　そんなぁ～～……ン。っく、はぁう～～！」

ここまでしておいて止めるなんて、今の縁にできるはずもないが、言葉でいうのは簡単である。

「止め……て。あん、いや……止めないで……っ！」

「どっち？　どっちがいいの、ひろみちゃん？」

「やっ！　止めないでっ！　ゆかりさんの、もっと欲しいの！」

「いい娘♪」

待ってたとばかりに腰を揺らし、グラインドさせ、膣を穿《うが》る。

グッチャグッチャと淫らな音が、休憩室に響き渡った。

「すご、すごい……擦れて、気持ちいい……っ！　お腹のナカが、パンクしてまう……こんなされたら、破れてまうの！」

抱え上げ、腕の力だけでひろみを揺らす。ときに突き刺し、ときに穿り、柔らかい膣を貪《むさぼ》っていく。

「だめぇ……こんなされたら、すぐでてまうぅ……っ！　上手《うま》くグラスに入れないと……入れないと……っっ!!」

快感に甘んじていると更衣室の床に放尿してしまうという恐怖が、ひろみをなかなか絶頂へと導かない。

縁はそれをも楽しみながら、熱く蠢く膣を味わう。

「おしっこ……グラスに入れるなんて、恥ずかしい……！　この中……この中にボクのおしっこ……おしっこがぁあ〜〜っ！」

さすがにかなり焦《じ》れてきたらしい。いつもならもうとっくにイってるはずの締め付け具合に、少し可哀想になってきた。

「動き……緩めるから。それでだしちゃって」

「はい……はいっ！　早く、ださせてっ！」

絶頂を迎えたから放尿するのか、放尿するから絶頂を迎えるのか。ひろみ自身にも区別

が付かなくなっているのかも知れない。

「ふっ……んっ！　はう、はぁ…………っっ!!」

プシャ……ショオオオオッッ!!

「でるっ！　でとるっ！　おしっこで……っっ!!」

「く……っ！」

放尿と同時にキュッとくる膣圧に、縁も激しく絶頂を迎える。

ジョボジョボと水音を立てるグラスを見ながら、縁は少しだけ飲んでみたい気にさせられてしまった。


ひろみとのセックスを楽しんだあとに、他の従業員がきて、プラチナ開店の運びとなったのだが、今日はなぜがお客様の入りが悪く、のんびりとした雰囲気が漂っていた。

たまにはこんな日もいいだろう、と店長からのお達しで、従業員一同ものんびりとした時間を過ごしていた。

「ゆかちゃん、ゆかちゃん♪」

沙恵が『遊んで欲しい光線』を放ちながら、ウキウキと縁の腕にしがみつく。

「どうしたの？」

「あのね？　エッチしよ♪」

「…………………」

沙恵の明るく単刀直入な申し出に絶句した縁は、冷たくあしらった。

「はしたない女の子とはしない」

ひとつには今朝はひろみとやったので飢えてないという事情もある。

「え〜〜？　わたしはしたなくなんかないよぉ……ゆかちゃんだってしたいクセにぃ」

沙恵は、縁の腕をとって振り回しながら駄々をこねる。

「ねぇ〜〜？　しーたーい〜〜っ！　もししてくれるんなら、ゴムはわたしが付けてあげるからぁ♪」

「う………………」

妖《あや》しいおねだりに、縁の心は徐々に浸食されていく。

どうする、と自問しても、答えはいつも一つしかない。

「沙恵ちゃんは、エッチな娘だなぁ……♪」

「あはん♪　わたしをこういう風にしたのは、だ・れ・か・な？」

頬《ほお》に軽くキスをされる。それだけで、縁の性欲は高まってくる。

「明菜さんに、休憩室で休むからって許可もらっておいたの♪」

縁の腕を引っ張りながら、用意周到な沙恵が嫣然《えんぜん》と微笑《ほほえ》む。その笑みにまたドキリとする。

「えへへ……お邪魔しまーすっ。よしよし。誰もいないっ♪」

「沙恵ちゃん……っ♪」

休憩室に入るや、沙恵を後ろから抱きしめ、そっとキスをする。抱き心地の良い身体が、首筋からほのかに香るフローラルが、縁の快楽中枢を支配していく。

「あン♪　ゆかちゃん、せっかちなんだから……ン、はむ……んぅ、ちゅる……くちゅ、ちゅぱ」

徐々に前へと向け、スーツの上から身体をまさぐる。サラサラとした髪、フワフワとした胸、綺麗《きれい》な曲線を描くウエストからヒップなどを撫《な》でていく。

「ぷは……あ。やん♪　立ったままじゃなくて……ソファで」

「うん」

腰に手を回しながらソファへと導く。今日はどんな格好で愛してあげようかな、などと至極真っ当なことを考えていた縁の目に、あってはならないものが飛び込んできた。

ソファの背に隠れて見えなかったが、そこには横になって可愛らしい寝息をたてているちまきの姿があったのだ。

「…………あ、あれ？」

沙恵もちまきの存在に気付いて驚いたが、ついで不満をぶちまける。

「もーーっ！　どーしてちまちゃんが寝てるワケぇ？」

「せっかく気持ちよさそうに寝てるのに……そんな声出したら、起きちゃうよ？」

「いいの！　出てってもらう！」

せっかくのいいムードを壊されたのは、さすがにちょっと悲しくなるが、後からきた自分たちの都合で追い出すのはあんまりだろう。

縁はグイっと沙恵を抱き寄せた。

「へ？」

「いいじゃないか……ちまきちゃんがいても♪」

戸惑う沙恵にキスをする。

「んぅ……ン、ふわ……で、でもぉ……っく」

「みられるかも知れない……っていうのが、いいんじゃないの？」

「ば、ばかぁ～～……ン。ちゅる、ちゅうぅ～～♪」

沙恵は嬉しそうにキスをむさぼった。

今更沙恵の性癖をどうこういうつもりはない。せっかくなんだからそれを上手く利用したほうが、感じるセックスができるのだから。

縁は、対面のソファへと沙恵を押し倒し、ストッキングを切り裂いた。

ギシ、ギシシ……ビリリッ！

ソファの軋《きし》む音、ストッキングの破れる音が、静かな休憩室に響き渡る。

「あ、あんまり音立てると、気付かれちゃう……っ！」

「大丈夫……ぐっすり眠ってるみたいだから」

ちまきのほうを振り返ることもなく、縁は勝手なことをいう。

「こんな音より、沙恵ちゃんの声の方がよっぽど心配だよ♪」

「ゆかちゃんってば、もぉぉ〜〜っ！　はふっ！　くぅ……ぅン。はぁ……っ！」

ずらした股間のスーツからは、ふっくらと盛り上がった恥丘が見える。その上部には鬱《うっ》蒼《そう》と生い茂った陰毛の森があり、下部には愛液の湧《わ》き出る泉がある。

その恥丘全体をそっと指で覆い、シャリシャリとした感触の陰毛を、ヌメヌメとした秘部を、交互にさする。

「ゆかちゃん……いい。いいよ。気持ちいい♪　もっと触って……もっと弄《いじ》って……もっと、みて……っっ!!」

「沙恵ちゃんのココは、何度みても綺麗だよ……それに、もうこんなに潤って♪」

「きゃうっ！　あん、あ……ンぅ。指が、わたしの……。ゆかちゃんの指……優しくて、好き♪」

縁の指戯を楽しんでいた沙恵だが、それを振り払って身を起こすと淫らに促した。

「ふふ♪　ゆかちゃん……約束通り……♪」

「う、うん……」

沙恵が、持っていたコンドームを手に取る。縁は、ズボンを下ろして半立ちになった陰茎を差し出した。

「えっと……破れないようにしなくちゃいけないんだよね？　んしょ、んしょ……っと」

ぎこちない指の動きに当てられて、半立ちだった陰茎が徐々に大きく膨張していく。

「あはん♪　おっきくなってきたよ？」

「うん……早く、入れたいから」

「ゆかちゃん……好きぃ〜〜♪」

今すぐ訪れるだろう快楽を想像して、身体を小刻みに揺らす沙恵。それを見て、また、その言葉で胸を高鳴らす縁。

コンドームを付け終え、体勢を戻し、沙恵の脚の間に割り込む。ソファの上で正常位に近い形で脚を取る。

「あ……早く。早くきて、ゆかちゃん♪」

沙恵の懇願に応《こた》えて、縁は挿入していった。

「はぁ…………っふ♪　ふわ〜〜……す、ごぉい……♪」

陰唇を掻《か》き分けて、ゆっくりと味わうように突き入れる。襞《ひだ》が絡み付き、膣口間近の陰毛が一緒に膣へと入っていく。

ドキン、ドキン……と、胎内の鼓動が伝わってくる。

熱く潤ったそこは、縁のモノを躊躇《ためら》いもなく受け入れ、逃がすまいと締め付けてくる。

「動いて……いいよ♪」

「うん……もう少し……」

沙恵の呼吸に合わせて収縮する膣内は、普段の派手なセックスでは味わえない緩慢な蠕《ぜん》動《どう》で縁を誘惑する。

「……どうしたの？　ちまきちゃんがいるから？」

「え？　そんなのじゃないよ……ただ、今日はゆっくりと沙恵ちゃんを味わいたいんだ」

「うぅ～～……焦らされる気がするのは、気のせーいー？」

「……そうともいうね♪」

縁が応えたとたん、キュウッッと沙恵は意図的に膣を締め上げた。

「くわっ⁉」

「そういうことという人には、こうだっ♪」

キュッ、キュッ！

膣口がまるでゴムのように締まる。まるで食い千切られそうなその感覚に、縁の性欲は急激な高まりを感じていく。

「んふふふ……んきゃっ！」

一度加速のついた性欲は、そう簡単には止まらない。縁は、もう後ろにちまきがいることも忘れ、沙恵が驚くほどに激しく腰を動かした。

「くっ、あっ、はう……っ！　ん、んぅ……っく！　凄《すご》い……凄いの、ゆかちゃんっ♪　わたしのナカ、擦れて、凄いの！　もっと、突いてイイよ……ゆかちゃんが、もっと気持ちいいように♪　あ……っく。もっと、感じて……感じさせてっ！」

膣内の向きに無理のないように、出して入れ、入れては出す。抜けきってしまうくらいまで引き出し、恥骨が当たるまで押し入れる。

カリが襞を引《ひ》っ掻《か》き、尖端が子宮口にぶち当たる。

それを繰り返し、何度も何度も繰り返し、陰茎全体で快感を貪る。

「はぁう……痺《しび》れて、きたよ……アソコが痺れて、わたし……っ！　ゆかちゃん……気持ちいい？　ゆかちゃんは？」

「気持ち……いいよ……っ！　沙恵ちゃんの、熱いの……っ！」

狂ったように、同じ運動を繰り返す。縁の性欲も痺れ、今何をしているのかの判断さえつかなくなってくる。

「あ、あ、あぁ……はっ……ン♪　焼け切れちゃう……っ！　ゆかちゃんの……凄くて、壊されちゃう…………っっ!?」

ビクン！

不意に沙恵の痙攣《けいれん》が激しくなり、縁の連続運動の妨げになる。

「あぁ……やぁ。そんな……っ♪」

「さえ……ちゃん？」

沙恵の喘《あえ》ぎが変わった。

「だめ、ダメ……！　そんなに音立てたら……っ！　わたしのせいじゃ……ゆかちゃんが、気持ちいいからっ！　わたし、イく……イっちゃうよぉ……！　ゆ……っ！　ゆかちゃぁああんっっ!!」

「くうっ！」

沙恵の身体の硬直に合わせ、突き入れたところで動きを止める。

熟し切った果実が地面に落ちた時のように、ブシャッと音を立てて、精液を噴き出す。

「きゃあっっ〜〜〜〜っっっ！！！」

縁の脈動に合わせて、沙恵が最後の絶頂を迎えた。

「く、は～～……っ！　んぅ～～～～………」

沙恵は、ぐったりと横たわり失神していた。その身体は快楽の残滓《ざんし》に痙攣している。

縁は愛液でとろけきった膣から、ゴムに包まれた陰茎を取り出すと、深呼吸を一つしてがっくりと肩の力を落とし、もう一つ深呼吸をした。

「やは～～、ご精がでますなぁ～～♪」

「…………………」

「派手なエッチで、ちまき、感じちゃったよぅ～～♪」

いつの間に起きていたのか、ちまきがニヤニヤ顔で縁を伺う。

「起きてたんだ……？」

「うん。とちゅーから♪　さえちんは気付いたみたいだけどね？」

絶頂直前のことだろう。これで、いきなり反応が変わった理由もわかった。

露出狂の沙恵のこと、見られているとわかって燃えてしまったんだろう。

「ねぇねぇ～～♪　ちまきともしよーよー？　さえちんも寝ちゃったコトだし……ね？」

「だ、駄目だよ……沙恵ちゃんがいるのに……」

「んふ♪　だいじょーぶだよぉ……しっかり寝てるし。ちまきが、お口でしてあげるからぁ～～♪」

「……フェラチオだけで我慢できる？」

「そんなのぉ、シてみないとわかんないよぉ～～っだ♪」

無理だろうな。当然のごとく、そう感じる。

それでも縁は、ちまきのお誘いを断ることができなかった。せめてもの配慮で、寝ている沙恵を残して、更衣室に行くことにした。


「ンふっ♪　むふふふ……ぺろんっ♪」

立ちつくす縁のズボンを下ろし、ちまきがその可愛らしい口でご奉仕してくれる。その気持ち良さ、充足感、幸福感が、縁の性欲を高めていく。

「ちゅぱ、くちゅ……くちゅるっ♪　はぁ～～……むっ♪　んぐんぐんぐ……♪」

ときに舐《な》め、ときに咥《くわ》え、唇が幹を締め付け、舌が亀頭をじっくりねぶる。激しく滑らかに蠢く舌技によって縁は腰を震わせる。

「ん……ぷはっ♪　んふふふ～～♪　ゆかりんのって、すーぐおっきくなるんだね？」

「そりゃ、ちまきちゃんにおしゃぶりされたら、すぐに大きくもなるよ」

「んふ……んぅ。じゅ、じゅる……ちゅるるっ！」

ちまきが夢中になってフェラチオをしていると、コンコンと規則的なノック音がして、止める暇もなく、ガチャと更衣室のドアが開いてしまった。そこにいたのは紫色のバニー姿の涼である。

「あ……っっ!!」

呆然《ぼうぜん》とした涼が、状況を理解すると叱咤《しった》の声を張り上げた。

「あー、ちまきさん、仕事中になにをやってるんですか！」

羞恥に真っ赤になりながらも、いつものように昂然と非難の声をあげる涼をまえにして、ちまきはニヤリと笑った。

「あーれー？　りょーちん。りょーちんもいっしょに食べたいのかな？」

「そ、それは……その…………」

さほど驚いた様子も見せないちまきと、恥ずかしさに顔を背ける涼。縁は、二人のやりとりを黙って見守ることにした。

「そんなトコで一人寂しくみてないで……こっち来て一緒しよ？」

「し、しかし……それは…………」

チラリと縁の顔を見詰める。その表情には、困惑と羞恥と期待が入り交じっている。

「この前、僕に強制オナニー命じたのは涼ちゃんじゃない。……今更、恥ずかしがるほどのモノでもないよ？」

「い、いや……縁のソレは、立派だと思うぞっ！」

嬉しいことをいってくれる涼に、セックスに対する嫌悪感は感じられなかった。

縁は頷《うなず》き、手招きをする。少し躊躇《ちゅうちょ》しながらも、結局涼は縁の前に跪《ひざまず》いた。

「やはり……凄い……」

感歎《かんたん》の声をあげる涼の横では、ちまきがまた咥え込む。少しの嫉妬《しっと》と、激しい興奮に彩られた舌捌《したさば》きが、縁の脳天を直撃する。

「くっ……涼ちゃんも……してくれる？」

「そ、そこまでいうのなら仕方がないな……本来はこういう真似はしたくないのだが」

好奇心いっぱいの目で縁を見ながら、涼は躊躇いがちに舌を伸ばしてくる。恐る恐る触れてくるその初々しさに、縁はまた性欲が高まった。

「ちゅ……ぺろ。ぺろん……あ、熱い……♪　こんなに腫《は》れて、痛くないのか……？」

「んふっ♪　だからぁ、舐めて治してあげるんだよぅ～～♪　ほら……りょーちんもココ舐めてみて？」

二人の唇が触れあうほどに近付き、縁の亀頭に舌を伸ばす。

「くっ！」

「ほら……ゆかりんは、ココが気持ちいいって♪」

「そ、そうか……それなら……ちゅるっ♪」

縁が思わず呻《うめ》きを漏らすと、ちまきが涼を促してふたり掛かりで責め立ててくる。

「はむ……ン。ちゅ、じゅるっ……ちゅうっ！」

「じょーずじょーずっ♪　ちまきも…………れろんっ♪」

「ふっ……っ！」

ぎこちない舌使いが、それでも縁を刺激する。美少女二人にペニスをしゃぶらせている
という背徳感が、縁の心を支配する。

「まだ、しゃせーしたらヤだからね？　男の子は我慢が肝心♪」

「はぁ、はぁ……ん。ちゅる、ちゅ……ちゅぱっ♪」

ニヤニヤと笑い、弄《もてあそ》ぶようにしゃぶるちまき。一生懸命に努力して舌を伸ばす涼。

二つの刺激に晒《さら》されて、縁のペニスは爆発寸前まで高まっていた。

「ほら……りょーちん、ココ舐めるといーんだよ？　この皮がくっついてる筋……それと、
このエラみたいに張ったトコ」

「そ、そうなのか？　なら……ぴちゃ、ちゅ」

まるで涼の舌全体が、まるで包み込むかのように裏筋を舐め上げる。

教えたちまきも、それに負けじと舌を動かす。鞭《むち》のようにしなやかに、そして激しく蠢
く舌捌きに、縁は限界が近いことを教えられる。

「も、もうそろそろ……でるよ？」

「んぅ……？　ちゅる、んく……んぐんぐんぐ♪」

「ち、ちまきさん……わたしにも……っ！　じゅるっ、ちゅぱ……ちゅるるるるっ！」

縁の勧告と同時に、ちまきと涼はますます争うように肉棒を咥え込んだ。

ペニスから股間、股間から腰、腰から全身へと痺れが走る。それと同時に、性欲が逆流していくような感覚を覚える。

「ご……ごめんっっっ！！！」

ビュクッ！

「きゃふっっ⁉」

「ひゃっ♪」

射精は、ちょうどちまきと涼の口腔《こうくう》から離れた瞬間に起こった。そのため精液は、ふたりの顔に均等に降り注いでいく。

ビュクンッ、ビュクッ、バシャバシャバシャッ！

「んぅ〜〜……あっつぅ〜〜っ♪」

「あ……精液……精液が……っっ♪♪」

その淫靡《いんび》な光景は、縁の性欲を萎《な》えさせるどころか、さらに強く沸《わ》き立たせた。

「ふぅ〜……」

結局、ちまきと涼とまでセックスをしてしまった。

さすがに一日に4人連続は効いた。縁のモノは、いまだにヒリヒリとした感触に包まれ

ている。

徐々にお客様も増えてきているようである。いつまでも遊んでいるわけにはいかないだろう。

ホールの仕事もあるし、洗い物もしなければならない。

さて、まず何から手を付けようか。そう悩む縁の視界に、明菜が飛び込んできた。

「ゆっかっりっクン♪」

「はい……？」

チョイチョイと手招きをする明菜に、縁はまるで引き寄せられるように近付く。あたかも、食虫植物に吸い寄せられる虫のように。

「今は……手すきよね？」

「えぇ、まぁ」

キョロキョロとホールを見渡し、お客様の確認をする明菜。一通りお客様とウエートレス達の動きを確認して、嬉しそうに頷いた。

「ご用ですか？」

「そうね……用といえば用なんだけど……働き者さんに、少しご褒美あげようと思って♪」

「……僕ですか？」

「だからキミを呼んだんだけど？」

といわれても、縁なんてひろみや涼に比べれば、まだまだ仕事しているなんていえない。

「一応、まだ仕事中なんですけど……いいんですか？」

「大丈夫ダイジョーブ♪　他のみんなが頑張ってくれてるし、というか、コレはマネージャー命令だからっ♪」

ニンマリと笑う明菜のその微笑みに、縁は微妙な色気を察していた。

縁の頬が引きつるが、マネージャーのお誘いを断れるわけがない。


「トイレは掃除中……っと♪」

お客様のなかに男性はいなかった、と縁は承知している、もちろん、明菜もわかっているだろう。

「あの……何故《なぜ》トイレなんでしょうか？」

何にしても、休憩室に連れて行かれるかと思っていたのに、行き着いた先は店のトイレだった。まさか、ご褒美という名の罰トイレ掃除だったか、と縁は内心で身構える。

「ココの方が緊張感あるでしょう？」

戸惑う縁に、明菜は妖艶《ようえん》にニヤリと笑う。

「緊張感……ですか？　一体何を……？」

「わかってるクセにぃ…………。ンもぉ……意外とイケズなのね、縁クンって♪」

さすがに照れを隠し切れない明菜であったが、トイレに入るなり、濃厚なキスが降りかかる。案の定、わかりやすい『ご褒美』である。

「ンフ……ん、はむん……♪」

「あ、明菜さん……僕、別にご褒美もらえるような仕事は……っ」

「フフ……そんなことないわよ？　縁クンは、いい子だもの。普通、バイト始めってもっとオタオタしてたり、無茶しすぎてミスったりするものなんだけど……縁クンはそんなこともないし。それに……一生懸命働く美少年って絵になるし♪」

「あ、明菜さ…………ンむっ」

再び唇を奪われる。縁よりも背の高い明菜に覆い被られると、縁はもがくことしかできなくなる。

舌が口腔に入り込み、絡められる。歯茎を舐め回され、唾液《だえき》を啜《すす》られると、無節操にも縁の性欲は素直に反応し始める。

「ンフ♪　感じてきちゃったみたいね？」

「そ、そりゃ……こんなことされれば……っ？」

「おっきくなって……苦しそうね。……楽になりたい？」

ズボンの上から、膨れ上がった縁の男根をさする明菜。その淫らな問いに否と答えられるほど、縁は無垢《むく》でも純粋でもなかった。

「はぁっ！　っく！　ンぁああ…………っっ‼　縁クン……イぃ……もっと、激しくぅ……っっ‼」

　今日の明菜は、前戯もロクにしなかったのに、膣は十分すぎる程に潤っており、縁はまるで吸い込まれるかのように突き立てた。

「くふっ、ン♪　はぁ……っく！　くるし……ぃ♪　お腹、いっぱい……いっぱいよ！　ワタシのナカ、縁クンで……っ！」

　疲れマラという現象があるらしい。縁の肉棒は５人目だというのにギンギンに勃起していた。

　引き締まった尻たぶに掴みかかり、これでもかというほどに突き立てる。最初は座りながら突き上げる体位を取っていたのに、いつの間にか立ち上がり、明菜を背後から貫いていた。

「縁クン……スゴい、深い……ナカが、擦れて、気持ちイぃっ！　もっと、激しくして！　火が出るくらい、擦ってて っっ‼　やンっっ‼　イっっ‼　いぃの……ステキぃ……っ！」

「あ、明菜さん……きつい……っっ‼」

「まだ……まだよ？　まだだしちゃダメ……っ！　もっと激しく、ワタシを犯して！　縁クンのおっきなので、ワタシを……っっ‼　お、お願い……縁クン。もっと、もっとぉ……っっ‼」

明菜には、少しマゾっ気があるようである。淫らな言葉で自らを責め、後背位という待ち受ける体位で、獣欲を剥《む》き出《だ》しにして荒々しく犯されるのを好むのだ。

「ゆ、縁クン……止まっちゃイヤ……突いてぇ？」

「明菜さん……この格好、好き？」

「…………ン」

返答するのが恥ずかしいのか、それとも戸惑っているのか。どちらにしても、言葉に表さなくても、結合した膣が答えを教えてくれる。

ビクビクと反応し、膣壁の襞一本一本が縁を飲み込もうと必死で蠢く感覚は隠しようがない。

そこで明菜が好むように、縁はさらに腰を激しく突き出す。

縁自身は、あまり自覚していないが、こうして明菜の反応を冷静に観察して、女性に合わせた責め方ができるようになったのは男としての進歩といえるだろう。

「くはっ！　んぅ！　すご、スゴい……っっ‼　ナカが擦れて、広がって……っ！　こ……壊れちゃ……うっっ‼」

明菜の身体が激しく跳ねる。膣圧が増し、縁の破壊衝動を高めていく。

下は上に倣《なら》うというが、プラチナのバニーさんがみんなエッチなのは、大元をたどるとこの働き者で格好良くて、ちょっと天然でキス魔で、お姉様ぶってる割に意外とマゾという、明菜の影響が大だろう。

沙恵も、ひろみも、涼も、ちまきも、明菜の弟子であり、子供たちといえるのだろう。そして、もちろん、縁も。

「あ……来る、くるわ……縁クン、もっと……っっ!!　あぁ……もっと！　もっとっっっ!!　縁クンっっっっっっ！！！」

ビクンッ、ビクンッ、ビクンッ、ビクンッ！

「ンあぁあああああああっっっっっ！！！！！」

ピンと反った背中が、明菜の絶頂を告げる頃《ころ》、縁はありったけの精液を注ぎ込んだ。

「ゆかちゃん。これ、二番テーブルにお願い」

後半戦は、前半戦の優雅さとは無縁の、目が回るほど忙しかった。ひっきりなしに入ってくるお客様に、みんな慌ただしく仕事をしていた。

「うん」

できあがった料理を二番テーブルに運び、その帰りに六番テーブルの追加注文を受ける。

「縁。このワインはどうしたらいいのだ？」

「そこのデカンタに移して、四番テーブルに」

指示を求めてくる涼に、縁が応じる。

「ちまきちゃん。レジのほう大丈夫？」

「なんとかぁ〜〜……でも、疲れたよぅ」

「頑張って♪」

明菜がちまきを叱咤激励しながら走り回る。

「ゆかりさん……あの、すみません……」

ひろみが泣きべそで縁を呼ぶ。

「何？」

「れ、例のモノの注文が…………」

「あぁ、チーズね。了解了解♪」

働き者のひろみの唯一嫌がる、とてつもなく臭いチーズを彼女に代わって縁が運ぶ。

その臭さがいい、と縁は思う。注文したお客様も当然その香りを堪能する。

「……………呆《あき》れた」

「ん？　どうしたのさ？」

お客様の対応に満足して裏手に戻った縁を、沙恵が唖然《あぜん》とした目で迎えてくれた。

「よく平気だよね？」

「あの匂《にお》い？　慣れれば平気……というか、美味《おい》しそうだよ？」

「うぇ〜〜！　わたし駄目〜〜！」

チーン！

ちょっとした雑談をする暇もなく、またキッチンから呼び出しがかかる。

「僕が行くよ……沙恵ちゃんは少し休んでて」

「平気よ。このくらいの忙しさでへばってられないわ♪」

「ははは」

さすがと思いつつ、接客は任せて、縁はキッチンへと赴き、洗い物を手伝う。

「ふぅ………」

ムードやイメージを大切にしているプラチナにおいて、こういう慌ただしいのは珍しい。

ソワソワと忙《せわ》しないようでは、高級感が台無しだからだ。

それでもお客様が来れば対応しなければならない。少なくとも、食材があるうちは。

ラストオーダーまでまだ間がある時間とはいえ、材料が無くなってしまっては料理は作れない。既に、メニューに載っているいくつかの料理は品切れとなっている。

「さて、と……洗い物終了、っと」

どのみち、またすぐに溜まるだろうが、それでも、少しは綺麗になった食器類を眺めて、縁は一息吐《つ》いた。

仕事にはだいぶ馴《な》れてきたとはいえ、本日はさすがに疲れた。

いくら無尽蔵に性欲のあるお年頃とはいえ、1日で5人の女性との連続セックスはきつかった。

縁の精液を絞りとっていった可愛いウサギさんたちは、まるで何事もなかったかのように働いている。

こんな日常が毎日続くのだろうか？　嬉しいような、さすがに身が持たないような複雑な心境である。

「……か……」

洗い終えた食器を片しながら、ふと縁の脳裏にひとりの女性の顔が思い浮かんだ。

何故か、縁の心のなかでは、『彼女』の存在が大きなウェイトを占めているようだった。

縁が特別な女性に思いを馳《は》せようとしたとき、バニーさんたちの元気な声が聞こえてきた、最後のお客様が帰ろうとしているようである。

「ありがとうございました。またのご来店をお待ちしております♪」


おわり。

あとがき

パラダイムノベルズには初登場の、竹内けんと申します。（他の出版社でも仕事してますんで、以後お見知り置きのほどを）

ここで小話をひとつ。

このたびお仕事を回してくれた久保田さんは、電話するとたいていは留守、午後の二時に電話しても、「まだ出社しておりません」といわれる始末。えらく重役出勤のひとだなぁ、きっとえらいひとなんだ。もしかして、編集長とかなのかなぁー、と考えておりました。

あるとき、交換手さんに思いきって質問してみました。

「久保田さんって、もしかしてえらいひとなんですか？」

「ウチの社長です」

……えらすぎ。吹けば飛ぶような三流作家は凍り付きました。

今までの馴れ馴れしい態度は、お詫びします。（だからって、尊敬語が上手くなるものではありませんが）次回もお仕事下さい。

あと川崎さんにもお世話になりました。（きっと彼女が仕事してたんでしょう）

エッチなバニーさんは嫌い？

2001年9月10日 初版第1刷発行

著　者　竹内 けん
原　作　ジックス
原　画　山根 正宏

発行人　久保田 裕
発行所　株式会社パラダイム
〒166-0011東京都杉並区梅里2-40-19
ワールドビル202
TEL03-5306-6921 FAX03-5306-6923

装　丁　林 雅之
印　刷　株式会社シナノ

乱丁・落丁はお取り替えいたします。
定価はカバーに表示してあります。

既刊ラインナップ

定価 各860円+税

1 悪夢～青い果実の散花～ 原作:スタジオメビウス
2 脅迫 原作:アイル
3 痕～きずあと～ 原作:リーフ
4 慾～むさぼり～ 原作:May-Be SOFT TRUSE
5 黒の断章 原作:Abogado Powers
6 淫従の堕天使 原作:DISCOVERY
7 Esの方程式 原作:Abogado Powers
8 歪み 原作:May-Be SOFT TRUSE
9 悪夢 第二章 原作:スタジオメビウス
10 瑠璃色の雪 原作:アイル
11 官能教習 原作:テトラテック
12 復讐 原作:クラウド
13 淫Days 原作:ルナーソフト
14 お兄ちゃんへ 原作:ギルティ
15 緊縛の館 原作:XYZ
16 密猟区 原作:ZERO
17 淫内感染 原作:ジックス
18 月光獣 原作:ブルーゲイル
19 告白 原作:ギルティ
20 Xchange 原作:クラウド
21 虜2 原作:ディーオー
22 飼 原作:13cm
23 迷子の気持ち 原作:フォスター
24 ナチュラル～身も心も～ 原作:フェアリーテール
25 放課後はフィアンセ 原作:スィートバジル
26 骸～メスを狙う顎～ 原作:SAGA PLANETS
27 朧月都市 原作:GODDESSレーベル
28 Shift! 原作:Trush
29 いまじねいしょんLOVE 原作:U・Me SOFT
30 ナチュラル～アナザーストーリー～ 原作:フェアリーテール
31 キミにSteady 原作:ディーオー
32 ディヴァイデッド 原作:シーズウェア
33 紅い瞳のセラフ 原作:Bishop
34 MIND 原作:まんぼうSOFT
35 錬金術の娘 原作:BLACK PACKAGE
36 凌辱～好きですか?～ 原作:アイル
37 My dearアレながおじさん 原作:ブルーゲイル
38 狂*師～ねらわれた制服～ 原作:クラウド
39 UP! 原作:メイビーソフト
40 魔薬 原作:FLADY
41 臨界点 原作:スィートバジル
42 絶望～青い果実の散花～ 原作:スタジオメビウス
43 美しき獲物たちの学園 明日菜編 原作:ミンク
44 淫内感染～真夜中のナースコール～ 原作:ジックス
45 My Girl 原作:Jam
46 面会謝絶 原作:シリウス
47 偽善 原作:ダブルクロス
48 美しき獲物たちの学園 由利香編 原作:ミンク
49 せ・ん・せ・い 原作:ディーオー
50 sonnet～心かさねて～ 原作:ブルーゲイル
51 リトルMyメイド 原作:スィートバジル
52 flowers～ココロノハナ～ 原作:CRAFTWORK side・b
53 サナトリウム 原作:ジックス
54 はるあきふゆにないじかん 原作:トラヴュランス
55 プレシャスLOVE 原作:BLACK PACKAGE
56 ときめきCheck in! 原作:クラウド
57 散櫻～禁断の血族～ 原作:シーズウェア
58 Kanon～雪の少女～ 原作:Key
59 セデュース～誘惑～ 原作:アクトレス
60 RISE 原作:RISE
61 虚像庭園～少女の散る場所～ 原作:BLACK PACKAGE TRY
62 終末の過ごし方 原作:Abogado Powers
63 略奪～緊縛の館 完結編～ 原作:XYZ

64 Touch me～恋のおくすり～ 原作：ミンク
65 淫内感染2 原作：ジックス
66 加奈～いもうと～ 原作：ディーオー
67 PILE・DRIVER 原作：ブルーゲイル
68 Lipstick Adv.EX 原作：フェアリーテール
69 Fresh! 原作：BELL-DA
70 脅迫～終わらない明日～ 原作：アイル【チーム・Riva】
71 うつせみ 原作：BLACK PACKAGE
72 Xchange2 原作：クラウド
73 M.E.M.～汚された純潔～ 原作：アイル【チーム・ラヴリス】
74 Fu・shi・da・ra 原作：ミンク
75 絶望～第二章～ 原作：スタジオメビウス
76 Kanon～笑顔の向こう側に～ 原作：Key
77 ツグナヒ 原作：ブルーゲイル
78 ねがい 原作：RAM
79 アルバムの中の微笑み 原作：curecube
80 ハーレムレーサー 原作：Jam
81 絶望～第三章～ 原作：スタジオメビウス
82 淫内感染2～鳴り止まぬナースコール～ 原作：ジックス
83 螺旋回廊 原作：ruf
84 Kanon～少女の檻～ 原作：Key

85 夜勤病棟 原作：ミンク
86 使用済～CONDOM～ 原作：ギルティ
87 真・瑠璃色の雪～ふりむけば隣に～ 原作：アイル【チーム・Riva】
88 Treating 2U 原作：ブルーゲイル
89 尽くしてあげちゃう 原作：トラヴュランス
90 Kanon～the fox and the grapes～ 原作：Key
91 もう好きにしてください 原作：システムロゼ
92 同心～三姉妹のエチュード～ 原作：クラウド
93 あめいろの季節 原作：ジックス
94 Kanon～日溜まりの街～ 原作：Key
95 贖罪の教室 原作：ruf
96 ナチュラル2 DUO 兄さまのそばに 原作：フェアリーテール
97 帝都のユリ 原作：スィートバジル
98 Aries 原作：サーカス
99 LoveMate～恋のリハーサル～ 原作：ミンク
100 恋ごころ 原作：RAM
101 プリンセスメモリー 原作：カクテル・ソフト
102 ぺろぺろCandy2 Lovely Angels 原作：ミンク
103 夜勤病棟～堕天使たちの集中治療～ 原作：ミンク
104 尽くしてあげちゃう2 原作：トラヴュランス
105 悪戯Ⅲ 原作：インターハート

106 使用中～W.C.～ 原作：ギルティ
108 ナチュラル2 DUO お兄ちゃんとの絆 原作：フェアリーテール
109 特別授業 原作：BISHOP
110 Bible Black 原作：アクティブ
111 星空ぷらねっと 原作：ディーオー
112 銀色 原作：ねこねこソフト
113 奴隷市場 原作：ruf
114 淫内感染～午前3時の手術室～ 原作：ジックス
115 懲らしめ 狂育的指導 原作：ブルーゲイル
116 傀儡の教室 原作：ruf
117 インファンタリア 原作：サーカス
118 夜勤病棟～特別盤 裏カルテ閲覧～ 原作：ミンク
119 姉妹妻 原作：13cm
120 ナチュラルZero+ 原作：フェアリーテール
121 看護しちゃうぞ 原作：トラヴュランス
123 椿色のプリジオーネ 原作：ミンク
125 エッチなバニーさんは嫌い？ 原作：ジックス

好評発売中！

〈パラダイムノベルス新刊予定〉

☆話題の作品がぞくぞく登場！

122.みずいろ

ねこねこソフト　原作
高橋恒星　著

　ごく普通の学園生活を送る主人公。そんな主人公をとりまくのは、幼なじみや学校の先輩、そしてかわいい妹たちだ。女の子たちとの楽しい生活は、自然と恋愛感情に発展してゆく。ごく普通の、淡い恋物語。

127.注射器２

アーヴォリオ　原作
島津出水　著

　原因不明の腹痛で病院にかつぎ込まれた主人公。そこで再会したのは、看護婦になった昔の彼女・桜子だった。院内には彼女のほかにも、かわいい看護婦がいっぱい。桜子の目を盗み、看護婦にアタックするが…。

9月

129.悪戯王《いたずらキング》

インターハート　原作
平手すなお　著

あるところに対立するふたつの流派があった。それは女の子にエッチな悪戯をして絶頂に導くという、技を競っているのだ。敢太は最終奥義を究めるべく、今日も満員電車での悪戯を繰り返すのであった!!

132.贖罪の教室 BADEND

ruf　原作
英いつき　著

父親が犯してしまった殺人のせいで、学校で陰湿なイジメにあう七瀬。罪の意識からか、性的な暴力も素直に受け入れていた。だが七瀬をかばった、親友のまどかまで巻き込まれ…。

9月